Hell und Schnell – Die Sammlung komischer Gedichte
Herausgegeben von Robert Gernhardt und Klaus Cäsar Zehrer
Band 2

Titelillustration: Hans Traxler

Tucholskys Witz ist geradezu unerschöpflich: Seine Gedichte und Chansons zielen treffsicher mal elegant, mal dreist auf eine Pointe. Dieser Band stellt Tucholsky als komischen Dichter vor. Souverän bedient er sich aller literarischen Mittel, um sowohl seinem beißenden Spott als auch seiner Freude an der alltäglichen Komik des Lebens Ausdruck zu verleihen. Unerschrocken vermag er auch dann noch zu lachen, wenn anderen das Lachen schon längst vergangen ist.

Kurt Tucholsky, geb. 1890 in Berlin. Der promovierte Jurist erzielte bereits 1912 seinen ersten literarischen Erfolg und gilt als einer der bedeutendsten Autoren der Weimarer Republik. Er war als Dichter, Kabarettautor, Schriftsteller, Journalist und Kritiker gleichermaßen produktiv und erfolgreich. Ab 1924 lebte er in Paris, ab 1929 in Schweden. Gest. 1935 in Göteborg.

Klaus Cäsar Zehrer, geb. 1969 in Schwabach (Mittelfranken), studierte Kulturwissenschaften in Lüneburg und Bremen und lebt als freier Autor in Berlin.
Hans Traxler, geb. 1929 in Herrlich (Böhmen, heute Tschechien), lebt als Zeichner und Illustrator in Frankfurt am Main.

Unsere Adresse im Internet: www.fischerverlage.de

Kurt Tucholsky
Das Ganze halt!

Ausgewählt und
mit einem Nachwort versehen
von Klaus Cäsar Zehrer

Fischer Taschenbuch Verlag

Veröffentlicht im Fischer Taschenbuch Verlag,
einem Unternehmen der S. Fischer Verlag GmbH,
Frankfurt am Main, Mai 2007

Satz: Fotosatz Otto Gutfreund, Darmstadt
Druck und Bindung: Clausen & Bosse, Leck
Printed in Germany
ISBN 978-3-596-17232-0

Inhalt

Gips (1913) 9
Kino (1913) 10
Parkett (1913) 11
Schall und Rauch (1913) 12
An die Meinige (1914) 13
Der Lenz ist da! (1914) 14
Meditation, zum Coupéfenster hinaus (1914) 15
Berliner Gerüchte (1916) 16
Die Reihenfolge (1918) 17
Die arme Frau (1918) 18
Das Königswort (1919) 19
Sehnsucht nach der Sehnsucht (1919) 21
Ach, sind wir unbeliebt! (1919) 23
Kino (1919) 24
An ihren Papa (1919) 26
Mißachtung der Liebe (1919) 27
Versunkenes Träumen (1919) 28
Einkäufe (1919) 29
Wider die Liebe (1920) 30
Blick in die Zukunft (1920) 31
Worte und Taten (1920) 32
Abschied von der Junggesellenzeit (1920) 34
Mikrokosmos (1920) 35
Wenn die Muse küßt (1920) 36
Der Hosenschnüffler (1920) 37
Silvester (1920) 39
Mir ist so mulmig um die Brust (1921) 41
Die Mühle (1922) 43
Letzte Fahrt (1922) 45
Park Monceau (1924) 47
Die Deplacierten (1924) 48
Deutsche Zeitschriften (1924) 49
Meditation (1924) 51
Luftveränderung (1924) 52
Träume (1925) 53

Olle Germanen (1925) 54
Pariser Vorort (1925) 56
Gefilmt mußt du sein –! 57
Dichtkunst 1926 58
Das alte Vertiko (1926) 60
Das Mitglied (1926) 61
Zwei Seelen (1926) 63
Feldfrüchte (1926) 65
Kleines Glockenspiel 66
Der Pfau (1927) 68
Der Rhein und Deutschlands Stämme (1927) 69
Das Ideal (1927) 71
Geheimnis (1927) 73
All people on board! (1927) 75
Hände an der Schreibmaschine (1928) 77
Olympiade (1928) 80
Wenn die Igel in der Abendstunde (1928) 82
Glück im Unglück (1928) 84
Das Lächeln der Mona Lisa (1928) 85
Was ist im Innern einer Zwiebel –? (1929) 86
Lehrgedicht (1929) 88
Ich habe mich erkältet (1929) 89
Unerledigte Konten (1929) 90
Die Tagung (1929) 92
Trunkenes Lied (1929) 94
Ideal und Wirklichkeit (1929) 95
Danach (1930) 96
Kino privat (1930) 98
Das dritte Reich (1930) 100
Kleines Operettenlied (1930) 102
Na, is doch so! (1930) 104
Abendlied (1930) 105
Wahre Liebe (1930) 106
Karrieren (1930) 107
Ballade (1930) 108
Eine kleine Geburt (1931) 110
Sauflied, ganz allein (1931) 112

Also wat nu – ja oder ja? (1931) 114
Imma mit die Ruhe! (1931) 115
Media in vita (1931) 116
Dreh dich hin, dreh dich her – kleine Wetterfahne –! (1931) 117
Wie mans macht . . . (1932) 118
Der Zerstreute (1932) 120
Altes Lied 1794 (1932) 121
Wenn eena dot is (1932) 122
Wenn eena jeborn wird (1932) 123

KLAUS CÄSAR ZEHRER
Was geht uns eigentlich Tucholsky an? 125

Kurzbiographie 130
Alphabethisches Verzeichnis der Gedichtanfänge 132

Gips

Wenn der Landesvater Jubiläum feiert,
streicht der Bürger sein Berlin mit Bronze an –
die Fassaden werden liebevoll verschleiert,
daß man sie nicht sehen kann.

Prächtig gipsern steht die griech'sche Säule,
rot und gold erglänzt das simple Holz. –
Staunend sehen's alle Droschkengäule
und der Weise fragt sich: Nun, was solls? –

Unten grau und oben schwach vergoldet
gleichen wir der Säule, die da ragt;
und der Stadtrat, der dafür besoldet,
hats bewilligt und hat Ja gesagt ...

Ja die weiß-rot-goldne Stadtverkleistrung
paßt für diesen Jubeltag:
Hurrarufe, Freudentaumel und Begeistrung –
Leinwand! Pappe! Lack!

Kino

Wird Gustav, der Kommis, entlassen?
Seit einer halben Stunde weiß ichs nicht...
Die greise Mutter löffelt, was sie kriegt,
aus dicken Untertassen.

Nun kommt der Chef! Mit schüttern Bartkoteletten
und einem Mimenmund und uhrgeschmücktem Bauch...
Dumpf buchstabiert das Publikum:
»Nee–ü–ber–Ihnen–a–ber–auch...«
Da gibt es nichts zu retten.

Hier stehen Mutter, Tochter, Hund und Chef und seine Leiche!
Nun aber steigt auf einer Geige jählings himmelan
ein Lauf, der seinerseits im Baß begann...
Die nächste Nummer: »Jacob auf der Eiche.«

Humor! Man lacht! Wes Auge blieb da trocken?!
Die Hose – denken Sie – zer–hi–zerriß!
Vergessen ist die Tränenkümmernis
und jene Totenglocken...

Doch jetzt erblick ich einen Fürsten oben,
der weiht mit seinem Helmbusch etwas ein –
ja, sollt dies wirklich Herzog Albrecht sein?
Und kurz und gut: Hier fühl ich mich erhoben!

Parkett

Das Stück hat Weltanschauung. Neben mir Ottilchen
hat weit die grauen Augen aufgemacht:
Der, nach dem Spiel, erhofft ein Kartenspielchen,
der eine Nacht…

Der Diener meldet die Kommerzienräte,
die Gnädige empfängt, ein Sektglas klirrt.
Ich streichle ihre Hand, die sonst die Hüte nähte…
Ob das was wird?

Da oben gibt es Liebe und Entsetzen,
doch so gemäßigt, wie sichs eben schickt.
»Ottilie«, flüstre ich, »vermagst du mich zu schätzen?!«
Sieh da: sie nickt.

Nun läßt mich alles gleich: die ganze Tragik
ist jetzt für mich verhältnismäßig gleich.
Und nimmt Madameken ihr Gift, dann sag ick:
»Ich bin so reich…«

Was kümmern mich die blöden Bühnenränke!
Nu sieh mal, wie sie um die Leiche stehn!
Genug –
… »Ottilie«, spreche ich, »ich denke –
wir wollen gehn…«

Schall und Rauch

Der Name ists, der Menschen zieret,
weil er das Erdenpack sortieret –
bist du auch dämlich, schief und krumm:
Du bist ein Individuum.

Hier sieht man nun den Dichter walten.
Er schafft nicht nur die Dichtgestalten,
nein, er benamset auch sein Kind –
und nennt es Borkman oder Gynt.

Wie aber, wenn er in den Dramen
gediegne bürgerliche Namen
benutzt und jener Bürger klagt,
damits der Richter untersagt?

»Du wirst dich von dem Namen trennen!
Mußt du ihn grade Barnhelm nennen?«
Der Richter schüttelt das Barett:
»Der Name macht den Kohl nicht fett!«

Und kurz: Wir werden was ertragen!
Schon sieht man Doktor Tassow klagen,
mit ihm in trautestem Verein
den Grünkramhändler Wallenstein.

Dem Dichter fällt in seine Leier
auch der Ap'theker Florian Geyer –
dem Dichter grausts mit einem Mal:
Er numeriert sein Personal.

Wie nennt man nun die Rechtsgelehrten,
die uns mit diesem Spruch beehrten?
Wie nennt man also dies Gericht?
Hier weiß ich keinen Namen nicht.

An die Meinige

Legt man die Hand jetzt auf die Gummiwaren?
Erinnre, Claire, dich an deine Pflicht!
Das geht nicht so wie in den letzten Jahren:
Du bist steril, und du vermehrst dich nicht!

Wohlauf! Wohlan! Zu Deutschlands Ruhm und Ehren!
Vorbei ist nun der Liebe grüner Mai –
da hilft nun nichts: du mußt etwas gebären,
einmal, vielleicht auch zweimal oder drei!

Wir Deutschen sind die Allerallerersten,
voran der Kronprinz als Eins-A-Papa.
Der Gallier faucht – wir haben doch die mehrsten,
und hungern sie, mein Gott, sie sind doch da!

Denn sieh: die Babys brauchen Medizinen
und manchmal auch ein weiß Getöpf aus Ton,
Gebäck, das Milchgetränk – man kauft es ihnen,
und dann vor allem, Kind, die Konfektion!

Und wer soll in des Kaisers Röcken dienen,
umbrüllt vom Leutnant und vom General?
Stell du das her: es muß nur maskulinen
Geschlechtes sein – der Schädel ist egal.

Ins Bett! Hier hast du deine Wickelbinden!
Schenk mir den Leo nebst der Annmarei!
Und zählt man nach, wird man voll Freude finden
sechzig Millionen, und von uns
die zwei!

Der Lenz ist da!

Das Lenzsymptom zeigt sich zuerst beim Hunde,
dann im Kalender und dann in der Luft,
und endlich hüllt auch Fräulein Adelgunde
sich in die frischgewaschene Frühlingskluft.

Ach ja, der Mensch! Was will er nur vom Lenze?
Ist er denn nicht das ganze Jahr in Brunst?
Doch seine Triebe kennen keine Grenze –
dies Uhrwerk hat der liebe Gott verhunzt.

Der Vorgang ist in jedem Jahr derselbe:
man schwelgt, wo man nur züchtig beten sollt,
und man zerdrückt dem Heiligtum das gelbe
geblümte Kleid – ja, hat das Gott gewollt?

Die ganze Fauna treibt es immer wieder:
Da ist ein Spitz und eine Pudelmaid –
die feine Dame senkt die Augenlider,
der Arbeitsmann hingegen scheint voll Neid.

Durch rauh Gebrüll läßt sich das Paar nicht stören,
ein Fußtritt trifft den armen Romeo –
mich deucht, hier sollten zwei sich nicht gehören...
Und das geht alle, alle Jahre so.

Komm, Mutter, reich mir meine Mandoline,
stell mir den Kaffee auf den Küchentritt. –
Schon dröhnt mein Baß: Sabine, bine, bine...
Was will man tun? Man macht es schließlich mit.

Meditation, zum Coupéfenster hinaus

Wie die langen Telegrafenstangen
jene schwarzen, dünnen Drähte, die
grad sich zu erheben angefangen,
immer wieder niedergehen, wie

diese dunkeln regelmäßigen Stäbe,
die das Auf und Ab und Auf und Ab
stetig kontrollierend in der Schwebe
halten –:
        also von der Wiege bis zum Grab

drückt auch dich, o Mensch, bei allem Streben
(seist du Amme, Kanzler, Redakteur),
drückt auch dich, o Mensch, im ganzen Leben,
nieder, nieder, nieder –
                                        das Malheur.

Berliner Gerüchte

Herr Meyer, Herr Meyer – und hörst du es nicht,
das wilde, das grause, das dumpfe Gerücht:
Ein Licht!
    Ein Licht in der russischen Botschaft!

Und da, wo ein Licht, da ist auch ein Mann,
und der sitzt an einem Vertrage dran,
    beim Licht in der russischen Botschaft.

Und das Licht geht manchem Politiker auf;
es strömet das Volk, es rennet zuhauf
    zum Licht in der russischen Botschaft.

Und einer zum andern geheimnisvoll spricht:
»Da ist was im Gange – ja, sehn Sies denn nicht,
    das Licht in der russischen Botschaft?«

Es erbrausen die Linden! »Berennet die Tür!«
Ein Schutzmann hält seinen Bauch dafür
vor das Licht,
    das Licht in der russischen Botschaft.

Sogar ein Geheimer Studienrat
sagt die Information, die er bei sich hat,
    vom Licht in der russischen Botschaft.

Und drin spricht der Klempner im öden Saal:
»Du hör mal, Maxe, du kannst mir mal
    die Ölkanne ribajehm!«

Dann gehen die beiden geruhig nach Haus,
nach dem Stralauer Tor – und das Licht löscht aus,
    das Licht in der russischen Botschaft.

Die Reihenfolge

Wie war das neulich eigentümlich!
Ich ging im Wald so für mich hin,
und alles, was durchaus nicht ziemlich,
drängt sich mir dauernd in den Sinn.

Da liegt, in heiterm Flug geboren,
ganz weiß, gekrümmt und weich wie Wachs
– das hat gewiß ein Spatz verloren –
ein kleiner Klacks.

Und tiefer in des Waldes Hallen
liegt hingerollt, soweit ich seh,
– das ließ wohl eine Ziege fallen –
ein halbes Pfund Kaffee.

Und wie sich das so weiter machte,
besah ich einen neuen Fund:
– hier stand einst eine Kuh und dachte –
ein Fladen, groß und rund.

Und hat denn alles sich verschworen?
Da liegt im Tümpel, dran ich ging,
– das hat gewiß ein Ochs verloren –
ein Buch von Keyserling.

Die arme Frau

Mein Mann? mein dicker Mann, der Dichter?
Du lieber Gott, da seid mir still!
Ein Don Juan? Ein braver, schlichter
Bourgeois – wie Gott ihn haben will.

Da steht in seinen schmalen Büchern,
wieviele Frauen er geküßt;
von seidenen Haaren, seidenen Tüchern,
Begehren, Kitzel, Brunst, Gelüst...

Liebwerte Schwestern, laßt die Briefe,
den anonymen Veilchenstrauß!
Es könnt ihn stören, wenn er schliefe.
Denn meist ruht sich der Dicke aus.

Und faul und fett und so gefräßig
ist er und immer indigniert.
Und dabei gluckert er unmäßig
vom Rotwein, den er temperiert.

Ich sah euch wilder und erpichter
von Tag zu Tag – ach! laßt das sein!
Mein Mann? mein dicker Mann, der Dichter?
In Büchern: ja.
Im Leben: nein.

Das Königswort

Dies ergötzte hoch und niedrig:
Als der edle König Friedrich,
August weiland von ganz Sachsen,
tat zum Hals heraußer wachsen
seinem Volk, das ihn geliebt,
so es billigen Rotwein gibt –
als der König, sag ich, merkte,
wie der innre Feind sich stärkte,
blickt er über die Heiducken,
und man hört ihn leise schlucken …
Und er murmelt durch die Zähne:
»Macht euch euern Dreck alleene!«

Welch ein Königswort! Wahrhaftig,
so wie er – so voll und saftig
ist sonst keiner weggegangen.
Wenn doch heute in der langen
langen Reihe unsrer Kleber,
Wichtigmacher, Ämterstreber,
einer in der langen Kette
nur so viel Courage hätte,
trotz der Ehre und Moneten
schnell gebührend abzutreten!
O, wie ich sein Wort ersehne:
»Macht euch euern Dreck alleene!«

Edler König! Du warst weise!
Du verschwandest still und leise
in das nahrhafte Zivil.
Das hat Charme, und das hat Stil.
Aber, aber unsereiner!
Sieh, uns pensioniert ja keiner!
Und wir treten mit Gefühle
Tag für Tag die Tretemühle.
Ach, wie gern, in filzenen Schuhen

wollten wir gemächlich ruhen,
sprechend: »In exilio bene!
Macht euch euern Dreck alleene!«

Sehnsucht nach der Sehnsucht

Erst wollte ich mich dir in Keuschheit nahn.
Die Kette schmolz.
Ich bin doch schließlich, schließlich auch ein Mann,
und nicht von Holz.

Der Mai ist da. Der Vogel Pirol pfeift.
Es geht was um.
Und wer sich dies und wer sich das verkneift,
der ist schön dumm.

Denn mit der Seelenfreundschaft – liebste Frau,
hier dies Gedicht
zeigt mir und Ihnen treffend und genau:
es geht ja nicht.

Es geht nicht, wenn die linde Luft weht und
die Amsel singt –
wir brauchen alle einen roten Mund,
der uns beschwingt.

Wir brauchen alle etwas, das das Blut
rasch vorwärtstreibt –
es dichtet sich doch noch einmal so gut,
wenn man beweibt.

Doch heller noch tönt meiner Leier Klang,
wenn du versagst,
was ich entbehrte öde Jahre lang –
wenn du nicht magst.

So süß ist keine Liebesmelodie,
so frisch kein Bad,
so freundlich keine kleine Brust wie die,
die man nicht hat.

Die Wirklichkeit hat es noch nie gekonnt,
weil sie nichts hält.
Und strahlend überschleiert mir dein Blond
die ganze Welt.

Ach, sind wir unbeliebt!

Wenn man, wie wir, den Umsturz liebt,
macht man sich häufig unbeliebt.

Die Herren mit dem hohen Kragen,
die können dieses nicht vertragen.

Das Fräulein Ännchen reicht mir Tee.
Der Herr Assessor will Calais.

Wir sprechen auch vom Liebknecht-Mord.
Sie gleiten hurtig drüber fort.

Man denkt voll Freuden des Gerichts.
Ich räuspre mich und sage nichts.

Der Herr Assessor guckt mich an:
Ist das ein Bolschewistenmann?

Und auch das Fräulein Ännchen schaut.
Wie zart ist ihre weiße Haut!

Doch je auf meinen Kissen ruhn –
das wird sie ganz gewiß nicht tun.

Ich fühl es leider ganz genau,
sie ist wie jede kleine Frau:

Sie liebt nicht den, der revoltiert –
brav muß er sein, dem sie gebiert.

Wie ist sie süß! wie ist sie munter!
Ich falle langsam hinten runter.

So zeigt sichs wieder, Bruder – nämlich:
Gesinnung ist oft unbequemlich,

wenn man sich sozialistisch gibt ...
Ach Gott, wie sind wir unbeliebt!

Kino

Das hat mir am Kino besonders gefallen,
und deshalb ist er auch unter allen
Künsten, die es im Leben gibt,
diejenige Kunst, die am meisten beliebt:
Er macht dem Gehirn so gar nichts zu schaffen!
Du brauchst nur zu gaffen.

Auf der Leinwand zucken Figuren, Gestalten:
Der Graf kann die schöne Ilona nicht halten,
die schöne Ilona sehnt sich heraus,
und sie verläßt, weiß Gott, das gräfliche Haus!
Ein Automobil hält an der Türe,
es wackelt Ilonas hohe Coiffüre –
der Graf sinkt zurück – ein gebrochener Mann. – –
Was geht mich das an?

Ilona führt ein sündhaftes Leben.
Sie liebt gradezu, und sie liebt daneben,
sie winkt von einem hohen Balkon,
sie trippelt durch einen kitschigen Salon. –
Sie verdient auf diese Weise viel Zaster –
und es seufzt im Saale: »Wie schön ist das Laster!«
Aber es tut doch schließlich nicht gut.
Und nun kommt der verkörperte Edelmut,
der Mann, für den alle Backfische schwärmen,
der Mann, um den sich die Frauen härmen –:
und während Ilona, die Ruchlose, flennt –
erscheint der Gent!
Und er hebt den Zylinder, den spiegelblanken,
und er lenkt die Herzen, die lustentflammten,
und er löst Ilona aus unseligem Bann. – –
Was geht mich das an?

Und so jagt auf der Leinwand ein Gauner den andern.
Wir können mit ihnen durch Texas wandern,
es laufen die Pferdchen, die Büchse knallt –
(Texas liegt übrigens im Grunewald)
und wir sehen die allerfurchtbarsten Dinger:
die Heldin soupiert im Löwenzwinger –
die Heldin in furchtloser Attitüde –
(die Löwen sind sterbensmatt und müde) –
Mal geht die ganze Geschichte schief. –
Aber wozu ist man Filmdetektiv?
Verborgene Perlen, versteckte Pretiosen,
rollende Augen, gebügelte Hosen,
Diener mit Teebrett, verblühte Röschen,
Eisenbahnzüge und seidene Höschen. –
Ein schauriger Bildertext dann und wann – –
Was geht mich das an?

Und es drängt sich das Volk vor den Kinotüren:
da lernt man die allerfeinsten Allüren,
man braucht nicht zu sinnen, man braucht nicht zu denken,
man braucht sich nicht in die Kunst zu versenken. –
Man hat keine Skrupel, man hat keinen Einwand,
man sitzt einfach da und starrt auf die Leinwand.
Es gibt aber immerhin noch Leute,
die – denkt! – der Kino noch niemals erfreute.
Sie sagen:
Amüsement ist fein.
Aber muß es denn grade Stumpfsinn sein?

An ihren Papa

Amici! Plaudite! – Die bunten Bänder
und Wimpel flattern froh im Wind!
Wie danke ich dir gütigem Spender
für dieses Kind! –

Du würdiger Greis – vor so und so viel Jahren
erzeugtest dus in einer Nacht...
Ich weiß, daß dies bei ungebleichten Haaren
schon Mühe macht.

Und du, im rüstigen Mannesalter,
du produziertest dies *bébé* –
ein Frauenseufzer... leis verhallt er... –
Dir Evoë! –

Dir Evoë! – Ich gratuliere!
Dein denk ich, Autor, ist sie da –
Dein denk ich, wenn ich kokettiere –
Grüß Gott, Papa!

Mißachtung der Liebe

Ach, Tante Julla, du in Neu-Ruppin
liest schaudernd von berliner Scheußlichkeiten,
und wie die Damen ihre Glieder spreiten,
und denkst: Dies Sündenbabylon Berlin!
  Und deine Äuglein öffnen sich in Lüsten,
  weil deine Kaffeeschwestern gerne wüßten
  von einem Paar, gelagert Bein an Bein...
    Wie mag das sein?

Ach, Tante Julla – komm mal an die Spree.
Und sieh dir dieses Wogen aus der Nähe,
ganz aus der Nähe an, wie ich es sehe.
Und denk dir nur ein Chambre séparée.
  Sie quietscht. Der Kellner schummelt. Dünne Geigen
  verleiten sie, sich ziemlich ganz zu zeigen.
  Ein Mieder noch und noch ein Brüstchenlein...
    Was kann da sein –?

Ach, Tante Julla – wir sind nicht blasiert.
Und doch: wie eng ist dieser Markt der Liebe!
Der liebt die Knaben, jener schätzt die Hiebe,
und der ist nur von Zöpfen enchantiert.
  Die Themis bullert mit Moralgesetzen.
  Man muß Erotik nicht so überschätzen.
  Bleib nur in deinen bürgerlichen Träumen,
  du hast hier nämlich gar nichts zu versäumen.
  Bleib, Tante Julla, in dem Stübchen klein –
    Was kann da sein –?
      Was kann da wirklich sein –?

Versunkenes Träumen

Lieblich ruht der Busen, auf dem Tisch,
jener Jungfrau, welche rosig ist und frisch.

Ach, er ist so kugelig und gerundet,
daß er mir schon in Gedanken mundet.

Heil und Sieg dereinst dem feinen Knaben,
dem es freisteht, sich daran zu laben.

Jener wird erst stöhnen und sich recken;
aber nachher bleibt er sicher stecken.

Heirat, Kinder und ein häusliches Frangssäh –
nichts von Liebesnacht und jenem Kanapee …

Ich hingegen sitz bei ihren Brüsten,
und – gedanklich – dient sie meinen Lüsten.

Doch dann steh ich auf und schlenkre froh mein Bein,
schiebe ab,
bin frei –
und lasse Jungfer Jungfer sein! –

Einkäufe

Was schenke ich dem kleinen Michel
zu diesem kalten Weihnachtsfest?
Den Kullerball? Den Sabberpichel?
Ein Gummikissen, das nicht näßt?
Ein kleines Seifensiederlicht?
Das hat er noch nicht. Das hat er noch nicht!

Wähl ich den Wiederaufbaukasten?
Schenk ich ihm noch mehr Schreibpapier?
Ein Ding mit schwarzweißroten Tasten;
ein patriotisches Klavier?
Ein objektives Kriegsgericht?
Das hat er noch nicht. Das hat er noch nicht!

Schenk ich den Nachttopf ihm auf Rollen?
Schenk ich ein Moratorium?
Ein Sparschwein, kugelig geschwollen?
Ein Puppenkrematorium?
Ein neues gescheites Reichsgericht?
Das hat er noch nicht. Das hat er noch nicht!

Ach, liebe Basen, Onkels, Tanten –
Schenkt ihr ihm was. Ich find es kaum.
Ihr seid die Fixen und Gewandten,
hängt ihrs ihm untern Tannenbaum.
Doch schenkt ihm keine Reaktion!
Die hat er schon. Die hat er schon!

Wider die Liebe

Die brave Hausfrau liest im Blättchen
von Lastern selten dustrer Art,
vom Marktpreis fleißiger Erzkokettchen,
vom Lustgreis auch mit Fußsackbart.

Mein Gott, denkt sich die junge Gattin,
mein Gott! welch ein Spektakulum!
»Das schlanke Frauenzimmer hat ihn ...«
Ja was? Sie bringt sich reinweg um.

O Frau! Die Phantasie hat Grenzen,
sie ist so eng – es gibt nicht viel.
Nach wenigen Touren, wenigen Tänzen
ists stets das alte, gleiche Spiel.

Der liebt die Knaben. Dieser Ziegen.
Die will die Männer laut und fett.
Die mag bei Seeoffizieren liegen.
Und der geht nur mit sich ins Bett.

Hausbacken schminkt sich selbst das Laster.
Sieh hin – und Illusionen fliehn.
Es gründen noch die Päderaster
›Verein für Unzucht, Sitz Berlin‹.

Was kann der Mensch denn mit sich machen!
Wie er sich anstellt und verrenkt:
Was Neues kann er nicht entfachen.
Es sind doch stets dieselben Sachen ...
        Geschenkt! Geschenkt!

Blick in die Zukunft

Du schläfst bei mir. Da plötzlich, in der
Nacht, du liebe Dame,
Bist du mit einem Laut mir jäh erwacht –
War das ein Name?

Ich horche. Und du sagst es noch einmal –
im Halbschlaf: »Leo...«
Bleib bei der Sache, Göttin meiner Wahl!
Ich heiße Theo.

Noch bin ich bei dir. Wenn die Stunde
naht, da wir uns trennen:
Vielleicht lernt dich dann ein Regierungs-
rat im Teeraum kennen.

Und gibst du seinen Armen nachts dich preis,
den stolzen Siegern: –
Dann flüstre einmal meinen Namen leis
und denk an Tigern.

Worte und Taten

Eine Sage ist keine Tue.
Betrachten wir das in aller Ruhe.

Da sind zum Beispiel die kleinen Damen.
Wenn wir denen mal näher kamen,
begegnet es uns wohl anfangs zumeist,
daß uns die Fürstin von dannen weist.
Und es spricht errötend die liebe Kleine:
»Was denken Sie denn? Ich bin nicht so eine!«
Dann aber rückt sie näher ran
und flüstert: »Was legen der Herr denn an?«
Und nach all dem Gerede und nach ein paar Schritt –
geht sie mit.

Worte und Taten – das ist so hienieden –
sind manchmal verschieden.

Da hätten wir Philipp Scheidemann.
Hört ihn immer nur fleißig an!
Spricht gescheit und klar und vernünftig –
gar nicht parteiisch, gar nicht zünftig –
sieht die Dinge so, wie sie sind –
kurz: ein begabtes kassler Kind.
Aber wie kann doch das bißchen Handeln
einen ganzen Menschen verwandeln!
Nun ist er nicht mehr wiederzuerkennen:
Kompromiß – Schweigen – Pennen …
Reden: gut. Tun: oh konträr …
Ach, daß es doch einmal umgekehrt wär –!

Worte und Taten … Als da ist die Regierung:
Da hat sie im Reichstag zur Redeverzierung
gewisse Floskeln, gewisse Phrasen,
tut großmächtig Posaune blasen –
und die Pressetribüne hört aufmerksam zu …
Und dann geht alles zu süßer Ruh.

Man werde – spricht man – den Kapp-Putsch bestrafen.
Man geht aber sachteken, sachteken schlafen.
Man werde – spricht man – das Heer reformieren.
Man steht aber stramm vor Stabsoffizieren.
Man erstrebe in der ganzen Verwaltung
eine neue, demokratische Haltung.
Man ändre Schule und Universität...
Aber wie das so geht:
Warum denn gleich tun? Das wäre schön dumm.
Reden genügt ja dem Publikum!
Wenn einer bei uns nur etwas sagt,
ists gar nicht mehr nötig, daß er was wagt.
Er muß nur reden, verkünden, bullern –
ihr werdet schon alle nach Hause kullern.
Er muß nur bombastisch prophezein –
nachzuprüfen fällt niemandem ein.
Mit einem Wort: das Grammophon!
Das Weitere – ach! das findet sich schon.
Wir: Demokratie!
Immer mit die Ruhe!
Eine Sage ist keine Tue.

Abschied von der Junggesellenzeit

Agathe, wackel nicht mehr mit dem Busen!
Die letzten roten Astern trag herbei!
Laß die Verführungskünste bunter Blusen,
das Zwinkern laß, den kleinen Wollustschrei...
Nicht mehr für dich foxtrotten meine Musen –
vorbei – vorbei...
Es schminkt sich ab der Junggesellenmime:
Leb wohl! Ich nehm mir eine Legitime!

Leb, Magdalene, wohl! Du konntest packen,
wenn du mich mochtest, bis ich grün und blau.
Geliebtendämmerung. Der Mond der weißen Backen
verdämmert sacht. Jetzt hab ich eine Frau.
Leb, Lotte, wohl! Dein kleiner fester Nacken
ruht itzt in einem andern Liebesbau...
Lebt alle wohl! Muß ich von Kindern lesen:
Ich schwör sie ab. Ich bin es nicht gewesen.

Nur eine bleibt mir noch in Ehezeiten –
in dieser Hinsicht ist die Gattin blind –,
dein denk ich noch in allen Landespleiten:
Germania! gutes, dickes, dummes Kind!
Wir lieben uns und maulen und wir streiten
und sind uns doch au fond recht wohlgesinnt...
Schlaf nicht bei den Soldaten! Das setzt Hiebe!
Komm, bleib bei uns! Du meine alte Liebe –!

Mikrokosmos

Daß man nicht alle haben kann –!
Wie gerne möcht ich Ernestinen
als Schemel ihrer Lüste dienen!
Und warum macht mir Magdalene,
wenn ich sie frage, eine Szene?
Von jener Lotte ganz zu schweigen –
ich tät mich ihr als Halbgott zeigen.
Doch bin ich schließlich 1 Stück Mann...
Daß man nicht alle haben kann –!

Gewiß: das Spiel ist etwas alt.
Ich weiß, daß zwischen Spree und Elbe
das Dramolet ja stets dasselbe,
doch denk ich alle, alle Male:
entfern ich diesmal nur die Schale –
was wird sich deinen Blicken zeigen?
Was ist, wenn diese Lippen schweigen?
Nur diesmal greifts mich mit Gewalt...
(Gewiß: das Spiel ist etwas alt.)

Daß man nicht alle haben kann –!
Das läßt sich zeitlich auch nicht machen...
Ich weiß, jetzt wirst du wieder lachen!
Ich komm doch stets nach den Exzessen
zu dir und kann dich nicht vergessen.
So gib mir denn nach langem Wandern
die Summe aller jener andern.
Sei du die Welt für einen Mann...
weil er nicht alle haben kann.

Wenn die Muse küßt

Daß du mich nicht erhörst, o Ernestine,
das macht, daß meine Dichtkunst stockt.
Apollo mit der Versturbine
kommt nicht mehr angesockt.

Woraus entsteigen unsre Prachtsonette?
Das Drama, wo ekstatisch stelzt?
Dem Tintenfaß? O Mädchen, dette
die Neese ins Gesicht behältst!

Des Dichters Aug, in schönem Wahnsinn rollend,
blickt schwärmerisch auf das, was rund.
Couplet, flieg auf! Er kann nur: wollend
und auf die Damens furibund.

Heut abend... Und die Schreibmaschine klappert.
Das edle Maß der alten Poesie
fließt her von Weimar, bis es überschwappert...
Im Hintergrund sitzt sie.

Der Morgen schwiemelt. Müde, an den Wänden,
kraucht Theobald – wer weiß, woher – ins Zelt.
Jetzt hat die keusche Leserin in Händen,
was er vor jener Nachtschlacht hergestellt.

Du Liebe! Löse dich und tu den Rock aus!
Auf deinen Schultern ruht es voll und ganz:
Gibst du dich mir, dann steh ich einst im Brockhaus
Schalmei bis Tigerschwanz.

Der Hosenschnüffler

In einem Stück von Sudermann
fällt baß ein Herr in Liebesbann.
  Das kann vorkommen.

Der Schauspieler als alter Rasch-
hoff faßt sich in die Hosentasch.
  Das kann auch vorkommen.

So hätten wir den brünstigen Vater
als Taschenspieler im Theater …
  Das darf nicht vorkommen!

Herr Brunner, der dergleichen sah,
war eines Tages plötzlich da.

Er staunte murrend: Was is diss?
Und nahm ein Happen Ärgernis.

Und es erregten ihre Geister
mit ihm zwei Kriminalwachtmeister.
  Das kann vorkommen.

Man schleppt die Hose vors Gericht:
Ist dies nun Unzucht oder nicht?

Der Richter sah recht tief hinein
und sagt zu Brunnern: »Leider nein!«

So sprach man jenen Mimen frei.
Der lachte froh und rief: »Ei, ei!«

O Brunner! Stecke deine Nose
nicht in des Künstlers Lodenhose!

O Brunner! daß es stets so bliebe:
Kurz ist die Kunst –
    und ewig lang die Liebe!

Silvester

Was fange ich Silvester an?
Geh ich in Frack und meinen kessen
blausanen Strümpfen zu dem Essen,
das Herr Generaldirektor gibt?
Wo man heut nur beim Tanzen schiebt?
  Die Hausfrau dehnt sich wild im Sessel –
  der Hausherr tut das sonst bei Dressel –,
  das junge Volk verdrückt sich bald.
  Der Sekt ist warm. Der Kaffee kalt –
        Prost Neujahr!
      Ach, ich armer Mann!
    Was fange ich Silvester an?

Wälz ich mich im Familienschoße?
Erst gibt es Hecht mit süßer Sauce,
dann gibts Gelee. Dann gibt es Krach.
Der greise Männe selbst wird schwach.
  Aufsteigen üble Knatschgerüche.
  Der Hans knutscht Minna in der Küche.
  Um zwölf steht Rührung auf der Uhr.
  Die Bowle –! (›Leichter Mosel‹ nur –).
        Prost Neujahr!
      Ach, ich armer Mann!
    Was fange ich Silvester an?

Mach ich ins Amüsiervergnügen?
Drück ich mich in den Stadtbahnzügen?
Schrei ich in einer schwulen Bar:
»Huch, Schneeballblüte! Prost Neujahr –!«
  Geh ich zur Firma Sklarz Geschwister –
  (Nein, nein – ich bin ja kein Minister!)

Bleigießen? Ists ein Fladen klein:
Dies wird wohl Deutschlands Zukunft sein...
Prost Neujahr!
Helft mir armem Mann!
Was fang ich bloß Silvester an –?

(Einladungen dankend verbeten.)

Mir ist so mulmig um die Brust

Sah ich im vorchten Jahr im Rinnstein mal zwei Dackeln,
die sich beschnuppern und mit ihre Schwänzchens wackeln,
wat is denn det? Wat is denn det?
Ick hatte keinen Schimmer von jeheime Sachen,
ick wußte jahnich, was die kleinen Hundchens machen,
nu weeß ick et, nu weeß ick et.
Denn da kam die lange Frieda –
die Frieda – die Frieda –
die weiß immer sone Lieda –
sone Lieda – sone Lieda –
weil ihr schon ein Herr beehrt,
und die hat mir uffgeklärt.
Mir ist so mulmig um die Brust, seit gestern Nacht,
mir ist so zittrig um die Knie, seit heute früh,
mir ist so komisch um die Hüften,
und die wern schon rund,
und manchmal ween ick wie
son kleener Schnullerhund.
Vielleicht ein Jährchen
bin ick schon soweit,
verborgnes Veilchen in der Blütezeit.

In unsre Stube wohnt Logis son langer Bengel,
der spielt mit meine Schwester immer Badeengel –
wat is denn det? Zu zweit im Bett?
Doch Mutta sagt zu mir, ick soll ma man vakrauchen,
weil wir die Miete von den Schlafbursch nötig brauchen,
nu wußt ick et, nu wußt ick et.
Nachts träum ick von unserm Lehrer –
unserm Lehrer – unserm Lehrer –
der begehrt mir als Verehrer –
als Verehrer – als Verehrer –
und er hat nischt an wien Hemd
und denn fühl ick mir so fremd.

Mir ist so mulmig um die Brust, seit gestern Nacht,
mir ist so zittrig um die Knie, seit heute früh,
mir ist so komisch um die Hüften,
und die wern schon rund,
und manchmal ween ick wie
son kleener Schnullerhund.
Vielleicht ein Jährchen
bin ick schon soweit,
verborgnes Veilchen in der Blütezeit.

Mein kleiner Keesetäng is jahnich mehr vapickelt,
und Frieda sagt, ick hätt zum Weibe mir entwickelt –
wat is denn det? Wat is denn det?
Ja, bei uns Fraun is diss die Zeit der vollen Reife,
und meine Schwester klau ick ihre Rosenseife,
un det Korsett, un det Korsett.
Lieber Gott, machs wie bei Susen –
bei Susen – bei Susen –
schenke mir 'nen dicken Busen –
'nen Busen – 'nen Busen.
Lieber Gott, ach, mach mich schön,
ick soll uff de Straße jehn.
Mir ist so mulmig um die Brust, seit gestern Nacht,
mir ist so zittrig um die Knie, seit heute früh,
mir ist so komisch um die Hüften,
und die wern schon rund,
und manchmal ween ick wie
son kleener Schnullerhund.
Vielleicht ein Jährchen
bin ick schon soweit,
verborgnes Veilchen in der Blütezeit.

Die Mühle

Für Gussy Holl

Zum erhabenen Brahma
betet jeder Lama
weit in Tibet ein Gebet.
Sitzt da im Gestühle
und dreht an einer Mühle,
die zum Beten vor ihm steht.
Uralt Wort vom Priestertum:
»Om – mani – padme – hum!«

Hier bei uns zu Lande
am unsichtbaren Bande
jeder solche Mühle schleppt.
Mancher will nur beten
zu den Papiermoneten,
bis ihn die Devise neppt.
Stets zählt er sein Eigentum...
Om – mani – padme – hum!

Mancher sieht nur Weiber
Brüste nur und Leiber –
keine, keine läßt ihn still.
Taumelt durch die Nächte,
daß er die Frauen schwächte,
weil die Mühle es so will.
Der kennt nur ein Heiligtum...
Om – mani – padme – hum –

Mancher stelzt wie'n Gockel
und klemmt sich das Monokel
ein – und betet nur zum Heer.
Will den Kerls was pfeifen
und seine Deutschen schleifen
und wünscht sich einen Weltkrieg her.
»Nieder mit dem Judentum!
Om – mani – padme – hum!«

Also drehn verdrossen
alle Zeitgenossen
immer ihre Mühle rum.
Jeder hat die seine,
und jeder dreht nur eine
Walze lebenslänglich um.
Was sind Schönheit, Geld und Ruhm –?
   Om – mani – padme – hum.

Letzte Fahrt

An meinem Todestag – ich werd ihn nicht erleben –
da soll es mittags Rote Grütze geben,
mit einer fetten, weißen Sahneschicht …
Von wegen: Leibgericht.

Mein Kind, der Ludolf, bohrt sich kleine Dinger
aus seiner Nase – niemand haut ihm auf die Finger.
Er strahlt, als einziger, im Trauerhaus.
Und ich lieg da und denk: »Ach, polk dich aus!«

Dann tragen Männer mich vors Haus hinunter.
Nun faßt der Karlchen die Blondine unter,
die mir zuletzt noch dies und jenes lieh …
Sie findet: Trauer kleidet sie.

Der Zug ruckt an. Und alle Damen,
die jemals, wenn was fehlte, zu mir kamen:
vollzählig sind sie heut noch einmal da …
Und vorne rollt Papa.

Da fährt die erste, die ich damals ohne
die leiseste Erfahrung küßte – die Matrone
sitzt schlicht im Fond, mit kleinem Trauerhut.
Altmodisch war sie – aber sie war gut.

Und Lotte! Lottchen mit dem kleinen Jungen!
Briefträger jetzt! Wie ist mir der gelungen?
Ich sah ihn nie. Doch wo er immer schritt:
mein Postscheck ging durch sechzehn Jahre mit.

Auf rotem samtnen Kissen, im Spaliere,
da tragen feierlich zwei Reichswehroffiziere
die Orden durch die ganze Stadt
die mir mein Kaiser einst verliehen hat.

Und hinterm Sarg mit seinen Silberputten,
da schreiten zwoundzwanzig Nutten –
sie schluchzen innig und mit viel System.
Ich war zuletzt als Kunde sehr bequem.

Das Ganze halt! Jetzt wird es dionysisch!
Nun singt ein Chor: Ich lächle metaphysisch.
Wie wird die schwarzgestrichne Kiste groß!
Ich schweige tief.
Und bin mich endlich los.

Park Monceau

Hier ist es hübsch. Hier kann ich ruhig träumen.
Hier bin ich Mensch – und nicht nur Zivilist.
Hier darf ich links gehn. Unter grünen Bäumen
sagt keine Tafel, was verboten ist.

Ein dicker Kullerball liegt auf dem Rasen.
Ein Vogel zupft an einem hellen Blatt.
Ein kleiner Junge gräbt sich in der Nasen
und freut sich, wenn er was gefunden hat.

Es prüfen vier Amerikanerinnen,
ob Cook auch recht hat und hier Bäume stehn.
Paris von außen und Paris von innen:
sie sehen nichts und müssen alles sehn.

Die Kinder lärmen auf den bunten Steinen.
Die Sonne scheint und glitzert auf ein Haus.
Ich sitze still und lasse mich bescheinen
und ruh von meinem Vaterlande aus.

Die Deplacierten

Uns haben sie, glaub ich, falsch geboren.
Von wegen Ort und wegen Zeit
sind wir vertattert und verloren
und fluchen unsrer Einsamkeit.

Warum, Mama, grad an der Panke?
Warum nicht fünfzig Jahr zurück?
Wie schlecht placiert wuchs der Gedanke
zu euerm jungen Liebesglück!

Warum nicht lieber auf den Sunda-
Eiländchen 1810?
Doch hier und heut? Das ist kein Wunder –
das kann ja nicht in Ordnung gehn!

Warum nicht in Australien hausend?
Warum nicht Fürst von Erzerum?
Warum nicht erst im Jahr Zweitausend?
Weshalb? Wieso? Woher? Warum?

Der Weltkrieg. Lebensgroße Zeiten.
Der Bankkommis als Offizier.
Brotkarten. Morde. Grenzen. Pleiten.
Und alles ausgerechnet wir.

Schraub hoch dein Karma wie die Inder.
Bleibt auch für uns nur noch Verzicht:
Wenn meine und sie kriegt mal Kinder –
in Deutschland darf sie nicht.

Deutsche Zeitschriften

In der Schule aufzusagen

Mädchenhafte Treue
und ein lieber Blick
fesseln stets aufs neue,
Leser, dein Geschick.

Auf der Titelseite
sitzt ein junges Kind,
zeigt in voller Breite
dir ihr Angebind.

Lieblich ist und labend
Flammri-Kochrezept,
Deutsches Dorf am Abend,
und wie man Höschen steppt.

Finder und Entdöcker,
Deutschlands Saft und Kraft,
ein Roman von Höcker
und Kunst und Wissenschaft.

Abonnier und wandre!
Solche Blätter gehn.
Doch es gibt auch andre,
die sind ganz mondän.

Bremen, Köln und Husum
lesen sich halb dumm.
Die sind mehr in usum
masturbantium.

Gents und ihr Kokettchen,
eine Welt: eisfein.
Mädchen im Korsettchen
und ein Kitzelbein.

Letzter Schrei der Moden.
Nutten im Trikot.
Leser liests in Loden,
und er sehnt sich so.

Kerls in Bügelfalten,
Autohandgepäck.
Welt bleibt stets beim Alten:
wünscht den Alltag weg.

Seidenweiche Kissen,
Butzenscheibenzeit –:
Beide Mal Kulissen
vor der Wirklichkeit.

Meditation

Möchtest du, mein Goldkind, einen Knaben?
Hier im Buche steht, daß man bestimmt
sie so kriegen kann, wie man sie haben
will, wenn mans methodisch unternimmt.

Gott, ein Junge hat ja viel auf Erden.
Er wird mannbar und Regierungsrat.
Geht es schief, dann kann er Richter werden
oder gutgesinnter Demokrat.

Halt! Tus nicht! Du nimmst da eine Nährpflicht
auf dich ohne jeden Hoffnungsstrahl.
Bald hat Deutschland seine alte Wehrpflicht,
und dann wird er Menschenmaterial.

Oder möchtest du eine Knabine –?
Abdenitten? Immer so dewest?
Sucht ein Bankdirektor nach Titine,
erntest du doch, was du heute säest.

Halt! Tus nicht! Mit fünfundfünfzig Jahren
da verknallt sie sich in den Chauffeur.
Scheidung, Krach, Tragödie … wir ersparen
ihr und ihm wohl lieber das Malheur.

Ja, was nun? Ich bleibe gern im Ruhstand.
Kriege keine! Laß sie lieber da!
Laß es ruhig bei dem alten Zustand!
Und bleib kinderlos!
Wie dein Papa!

Luftveränderung

Fahre mit der Eisenbahn,
fahre, Junge, fahre!
Auf dem Deck vom Wasserkahn
wehen deine Haare.

Tauch in fremde Städte ein,
lauf in fremden Gassen;
höre fremde Menschen schrein,
trink aus fremden Tassen.

Flieh Betrieb und Telefon,
grab in alten Schmökern,
sieh am Seinekai, mein Sohn,
Weisheit still verhökern.

Lauf in Afrika umher,
reite durch Oasen;
lausche auf ein blaues Meer,
hör den Mistral blasen!

Wie du auch die Welt durchflitzt
ohne Rast und Ruh –:
Hinten auf dem Puffer sitzt
du.

Träume

Vorgestern nacht habe ich von zwei Mädchen geträumt,
die waren furchtbar kregel und aufgeräumt.
Die eine hatte einen schwarzen Bubikopf und die andre einen braunen,
und sie hatten einander so lieb, das war einfach zum Staunen.
Sie waren leicht gekleidet – glatt zum Erkälten,
und sie taten einander immer Gleiches mit Gleichem vergelten.
  Ich erwachte. Was war das gewesen?
  In meinem großen ägyptischen Traumbuch steht zu lesen:
      »Glückliches Familienleben.«

Gestern habe ich von lauter Umhängebärten geträumt.
Die hatten alle ein Glas, mit etwas, das schäumt.
Darauf stand: »Kochende Volksseele« – aber sie machten niemand naß,
und der Sturm blieb im Wasserglas.
Darauf kam ein Reichswehrgeneral mit einem Wehrpflichtprogramm;
da rissen sie alle die Knochen vor ihm zusamm'.
  Ich erwachte. Was war das gewesen?
  In meinem großen ägyptischen Traumbuch ist zu lesen:
      »Ihnen steht eine Republik ins Haus.«

Heute nacht habe ich von einem Mann geträumt,
der hatte sich seinen Talar schwarzweißrot umsäumt.
Er rollte seine kleinen Kalmückenaugen und hackte auf mir herum –
ich stand hinter einer Schranke, und er redete laut und dumm.
Er sagte: »Was? Sie wollen über einen Generalfeldmarschall etwas
dichten?
Über diesen großen Mann hat nur die Geschichte zu richten!
Ich lasse den Saal räumen! Ruhe! Sind Sie Kommunist? Jetzt rede ich!
Ich nehme Sie in eine Ordnungsstrafe! Was denken Sie sich
eigentlich! –«
Und da wollte ich meine Meinung nicht länger verstecken.
Ich sage:
  »Herr«, sage ich, »... ....!«
  Aber wie das so ist in der Welten Lauf –:
  grade, wenns am schönsten wird, dann wacht man auf.

Olle Germanen

Papa ist Oberförster,
Mama ist pinselblond;
Georg ist Klassen-Oerster,
Johann steht an der Front
  der Burschenschaft
  ›Teutonenkraft‹.
Bezahlen tut der Olle.
Was Wotan weihen wolle!

Verjudet sind die Wälder,
verjudet Jesus Christ.
Wir singen über die Felder,
wie das so üblich ist,
  in Reih und Glied
  das Deutschland-Lied.
Nachts funkelt durch das Dunkel
Frau Friggas Frost-Furunkel.

Die Vorhaut, die soll wachsen,
in Köln und Halberstadt;
wir achten selbst in Sachsen,
daß jeder eine hat.
  Ganz zudenrein
  muß Deutschland sein.
Und haben wir zu saufen:
Laß Loki luhig laufen!

Wer uns verlacht, der irrt sich.
Uns bildet früh und spät
für 1940
die Universität.
  Wer waren unsre Ahnen?
  Kaschubische Germanen.
  Die zeugten zur Erfrischung
  uns Promenadenmischung.

Drum drehten wir
zum Beten hier
die nationale Rolle.
Was Wotan weihen wolle –!

Pariser Vorort

Von bunten Hühnern sanft umgackert,
weht still am Fenster der Kattun.
Ich hab mich so viel abgerackert.
Jetzt will ich ruhn.

Die Hundehütte bellt und winselt.
Schildkröten stolpern auf dem Kies.
Ich hab sie schwarz-weiß-rot gepinselt,
denn die Franzosen lieben dies.

Der Kater klimmt, der Obersteiger,
auf das Regal zwecks Übersicht.
Doch da liegt der ›*Lokalanzeiger*‹ –
er schüttelt sich. Das frißt er nicht.

Und hier, inmitten des Krawalles,
ist auch ein zahmer Rabe da.
Er kann schon: »Deutschland über alles!«,
sitzt auf dem Mist und schreit Hurra.

Nun fehlt mir noch ein hehres Bildnis,
ein Hakenkreuz im Kabinett:
dann bin ich in der welschen Wildnis
komplett.

Gefilmt mußt du sein –!

Hier steht Herr Eastmann (Winnipeg)
auf einem grünen Gartenfleck.
Zwei Knickebeine hat er auch,
der Kneifer baumelt auf dem Bauch –
  Er ist nicht mehr ganz neu. Indessen
  man darf das eine nicht vergessen:
»Herr Eastmann, Vater des Erfinders der Kunstbutter.«

Er lächelt da im Gartenhof
(auf einer Backe etwas doof);
der Fotograf dreht heiter-mild:
Die Firma braucht ein neues Bild!
  Die Kinos wird er amüsieren;
  die Sesselreihen buchstabieren:
»Herr Eastmann, Vater des Erfinders der Kunstbutter.«

O Mensch!
          Alleine bist du nichts,
fehlt dir der Ruhm des Kinolichts.
  Du kannst den Nordpol ganz erklettern,
  du kannst die Mädchen lebensrettern,
  du kannst den Wassersekt erfinden
  den Stehbauch ohne Gummibinden –
Was nützt dir aber alles das –?
Dich gibt es nicht. Dir fehlt noch was.

Erst wenn vor dir ein Filmkerl steht,
dann bist du richtig durchgedreht.

Das ist des Ruhmes Sonnenschein:
Noch gestern klein
ein Knickebein –
Und heute prägt die Welt sich ein:
»Herr Eastmann, Vater des Erfinders der Kunstbutter.«

Dichtkunst 1926

Was werden die Dichter heuer schreiben –?
Das wird auch in diesem Jahre so bleiben:

Wenn der Sekundaner, sanft erhitzt,
vor einem nackerten Bilderbuch sitzt,
steigt ihm das Blut in die Gefäße,
er wackelt leise mit dem Gesäße;
hochrot der Kopf, hochrot das Ohr,
stellt er sich etwas Schönes vor:
eine züngelnde und rundbauchige Fee –
und dann spielt er mit seiner Lieblingsidee.

So auch der Deutsche.
                                        Alle Knaben,
die eine Schreibmaschine haben,
verfassen heute radikal
die Weltgeschichte noch einmal.

Der alte Fritz sagt mürrisch: »Er ...!«
und plaudert mit dem Affen Voltaire;
er kann zwar nicht richtig deutsch buchstabieren,
doch das tut der Krückstock remplacieren –
davon leben die Biographen.

Die Juden vom Film gehn mit Bismarck schlafen
und stehn mit Moltken wieder auf –
das ist so der deutsche Lebenslauf.
Arminius, der Große Kurfürst und Stein
spielen einen schönen Bierskat zu drein;
Blücher und Barbarossa mit Bart
kiebitzen dazu auf deutsche Art;
und inmitten dieses großen Geschreis
steht Turnvater Jahn und riecht nach Schweiß.
Und segnend schwebt über alle diese
die gute Königin Luise,
eine wahrhafte, echte, deutsche Frau.

Fällt einem nichts ein, schreibt er: Gneisenau.
Und auch die Operetten aus Wien
benötigen Landes-Dynastien
(mit Renten).
                              So besinnt sich weit und breit
der Deutsche auf seine Vergangenheit:
Hochrot der Kopf, hochrot das Ohr,
stellt er sich etwas Schönes vor
in Büchern, Theaterstücken, Journalen –
und dann spielt er mit seinem Nationalen.

Denn dieses Deutschtum mit Sonnenstich
ist eine Beschäftigung an und für sich.
Es gibt Leute, die statt Kinder zu zeugen, schreiben.
Das wird auch im kommenden Jahre so bleiben.

Das alte Vertiko

Claire Waldoffn, der Löns-Verehrerin

Zu Haus, in unsrer guten Stube,
da stand, gleich neben dem Trümoh,
mit einem Griff an jedem Schube
ein altes braunes Vertiko.
Es war verziert und reich gedrechselt
mit Knöpfen, Köpfen weit und breit;
den Stil hat niemand nicht verwechselt:
  Diß war noch aus der Muschelzeit.

Mir schiens ein Sinnbild unsres Lebens.
So kam zu mir in jungem Jahr,
leicht schielend, aber nie vergebens,
ein Mädchen schön und wunderbar.
Ich habe gern mit ihr gemuschelt;
und wenn mein kleiner Anton schreit,
mit Silberblick sich an mich kuschelt...
  Der ist noch aus der Muschelzeit.

Das gute Kind! Heut machts noch Faxen,
es inkelt mit und ohne p;
doch ist der Junge mal erwachsen,
dann kommt er in die SPD.
Da gibt es Leute, die noch glauben
an Taktik, Maß, Gerechtigkeit...
Das will ich ihnen auch nicht rauben.
    Mein Gott, ihr seid
    ja so gescheit...
  Und stammt noch aus der Muschelzeit.

Das Mitglied

In mein' Verein bin ich hineingetreten,
weil mich ein alter Freund darum gebeten,
    ich war allein.
Jetzt bin ich Mitglied, Kamerad, Kollege –
das kleine Band, das ich ins Knopfloch lege,
    ist der Verein.

Wir haben einen Vorstandspräsidenten
und einen Kassenwart und Referenten
    und obendrein
den mächtigen Krach der oppositionellen
Minorität, doch die wird glatt zerschellen
    in mein' Verein.

Ich bin Verwaltungsbeirat seit drei Wochen.
Ich will ja nicht auf meine Würde pochen –
    ich bild mir gar nichts ein...
Und doch ist das Gefühl so schön, zu wissen:
sie können mich ja gar nicht missen
    in mein' Verein.

Da draußen bin ich nur ein armes Luder.
Hier bin ich ich – und Mann und Bundesbruder
    in vollen Reihn.
Hoch über uns, da schweben die Statuten.
Die Abendstunden schwinden wie Minuten
    in mein' Verein.

In mein' Verein werd ich erst richtig munter.
Auf die, wo nicht drin sind, seh ich hinunter –
    was kann mit denen sein?
Stolz weht die Fahne, die wir mutig tragen.

Auf mich könn' Sie ja ruhig »Ochse« sagen,
da werd ich mich bestimmt nicht erst verteidigen.
Doch wenn Sie mich als Mitglied so beleidigen ...!
Dann steigt mein deutscher Gruppenstolz!
Hoch Stolze-Schrey! Freiheil! Gut Holz!
Hier lebe ich.
Und will auch einst begraben sein
in mein' Verein.

Zwei Seelen

Ich, Herr Tiger, bestehe zu meinem Heil
aus einem Oberteil und einem Unterteil.

Das Oberteil fühlt seine bescheidene Kleinheit,
ihm ist nur wohl in völliger Reinheit;
es ist tapfer, wahr, anständig und
bis in seine tiefsten Tiefen klar und gesund.
Das Oberteil ist auch durchaus befugt, Ratschläge zu erteilen
und die Verbrechen von andern Oberteilen
zu geißeln – es darf sich über die Menschen lustig machen,
und wenn andre den Naseninhalt hochziehn, darf es lachen.

Soweit das.
                    Aber, Dunnerkeil,
das Unterteil!
Feige, unentschlossen, heuchlerisch, wollüstig und verlogen;
zu den pfinstersten Pfreuden des Pfleisches fühlt es sich hingezogen –
dabei dumpf, kalt, zwergig, ein greuliches
pessimistisches Ding: etwas ganz und gar Abscheuliches.
Nun wäre aber auch einer denkbar – sehr bemerkenswert –,
der umgekehrt.

Der in seinen untern Teilen nichts zu scheuen hätte,
keinen seiner diesbezüglichen Schritte zu bereuen hätte –
ein sauberes Triebwesen, ein ganzer Mann und
bis in seine tiefsten Tiefen klar und gesund.

Und es wäre zu denken, daß er am gleichen Skelette
eine Seele mit Maukbeene hätte.

Was er nur andenkt, wird faulig-verschmiert;
sein Verstand läuft nie offen, sondern stets maskiert;
sogar wenn er lügt, lügt er; glaubt sich nichts, redet sichs aber ein –
und ist oben herum überhaupt ein Schwein.

Vor solchem Menschen müssen ja alle, die ihn begucken,
vor Ekel mitten in die nächste Gosse spucken!
Da striche auch ich mein doppelkollriges Kinn
und betete ergriffen: »Ich danke dir, Gott, daß ich bin, wie ich bin!«
Was aber Menschen aus einem Gusse betrifft in der schönsten der Welten –:
der Fall ist äußerst selten.

Feldfrüchte

Sinnend geh ich durch den Garten,
still gedeiht er hinterm Haus;
Suppenkräuter, hundert Arten,
Bauernblumen, bunter Strauß.
  Petersilie und Tomaten,
  eine Bohnengalerie,
  ganz besonders ist geraten
  der beliebte Sellerie.
Ja, und hier –? Ein kleines Wieschen?
Da wächst in der Erde leis
das bescheidene Radieschen:
    außen rot und innen weiß.

Sinnend geh ich durch den Garten
unsrer deutschen Politik;
Suppenkohl in allen Arten
im Kompost der Republik.
  Bonzen, Brillen, Gehberockte,
  Parlamentsroutinendreh...
Ja, und hier –? Die ganz verbockte
  liebe gute SPD.
Hermann Müller, Hilferlieschen
blühn so harmlos, doof und leis
wie bescheidene Radieschen:
    außen rot und innen weiß.

Kleines Glockenspiel

Die Uhr schlägt 12 –
Gott allen braven Lesern helf!

Die Uhr schlägt 1 –
Das Zentrum handelt, Hilferding redet...
jeder seins.

Die Uhr schlägt 2 –
Wenn England einen Raufbold braucht: Deutschland ist allemal dabei.

Die Uhr schlägt 3 –
»Es lebe die Republik!« ist ein zu nichts verpflichtendes Geschrei.

Die Uhr schlägt 4 –
Es war einmal ein republikanischer Reichswehroffizier.
(Uhr bleibt vor Angst stehen.)

Die Uhr schlägt 5 –
In Deutschland ist man viel zu vernünf-
tig, sich wegen jeden juristischen Drecks
– die Uhr schlägt 6 –
zu erregen. Laßt uns lieber in die Zuchthäuser abschieben
– die Uhr schlägt 7 –
wer etwas Kommunistisches in die Straßen macht –
die Uhr schlägt 8.

Gleich darauf schlägt die Uhr 9 –
Sollte das ein Fehler im Uhrwerk seun?

In Deutschland kann doch nichts vor-, da muß alles zurücke gehn –
die Uhr schlägt 10.

Die Uhr schlägt 11 –
Ausnahmezustand ist ein Zustand und ein schöner Notbeh-11.

Die Uhr schlägt 12 –
Gott immer noch allen Lesern helf!

Es war einmal ein Sozialist, der tät die Arbeitgeber reizen –
da schlug die Uhr 13!

Die Uhr schlug 14, 15, 16, 17, 18, 19 und 20...
Wir wollen die deutschen Brüder in Danzig befrein, wer aber nicht will, ist Danzig.

So schlägt die Uhr bei Tage und bei Nacht,
denn dafür ist sie Uhr und als solche auf dem Turm angebracht.
Großfressig nach außen – nach innen verprügeltes Zivil –:
das ist das deutsche Glockenspiel.

Der Pfau

Ich bin ein Pfau.
                    In meinen weißen Schwingen
fängt sich das Schleierlicht der Sonne ein.
Und alle Frauen, die vorübergingen,
liebkosten mit dem Blick den Silberschein.

Ich weiß, daß ich sehr schön bin.
                                        Meine Federn
auf meinem Kopf stell ich oft kapriziös …
Ich hab das weißeste von allen Pfauenrädern;
ich bin sehr teuer, selten und nervös.

Ich habe leider ziemlich große Krallen,
und wenn ich fliege, sieht es kläglich aus.
Doch, wer mich liebt, dem werde ich gefallen,
und alle Welt steht vor dem Vogelhaus.

Klug bin ich nicht. Klugheit ist nicht bei allen,
viel liegt nicht hinter meiner Vogelstirn.
Ich will gefallen – immer nur gefallen –
Ich bin ein schöner Pfau. Ich brauche kein Gehirn.

Nur singen darf ich nicht. Das ordinäre
Gekrächz ist nicht zu sehen – wie mein Bildnis zeigt.
Ich bin ein Pfau.
                    Und eine schöne Lehre:
Wer dumm und schön ist, setzt sich. Siegt. Und schweigt.

Der Rhein und Deutschlands Stämme

Es fließt ein Strom durch das deutsche Land,
drin spiegeln sich Schlösser und Zinnen;
er ist in den deutschen Gauen bekannt,
kein Refrain kann demselben entrinnen.
    Und alle Romantik hat hier ihr Revier,
    und je lauter das Rheinlied, je kälter das Bier
    der kleinen und großen Verdiener.
    Zum Beispiel so der Berliner:
        »Ein rheinischet Meechen – beim rheinischen Wein –
            Ja, Donnerwetter nich noch mal!
        Na, det muß ja der Hümmel auf Erdn sein –!
            Wat, Lucie –?«

Wer Lieder für Operetten schreibt
aus Prag, aus Wien und aus Bentschen –:
den Rhein möcht ich sehn, der da ungereimt bleibt –
es sind halt geschickte Menschen!
    Und was sie dichten, ganz Deutschland grölts,
    von Aachen bis Dirschau, von Kiel bis nach Ölz;
    wo nur Treue und Weinbrand wachsen.
    Zum Beispiel so unsere Sachsen:
        »Ein rheinisches Mädchen – beim rheinischen Wein –
            Nu heere mal, Agahde, was hasdn dn
            Krachenschonr nich midgenomm? 's is doch
            so giehle uffm Wasser?
        Diß muß ja der Himmel auf Erden sein!
            Eicha ...!«

Im Rhein, da quillt unsere Mannesbrust,
da liegen dicke Tantiemen;
und befällt den Deutschen die Sangeslust:
hier kann er das Ding unternehmen.
    Es reimt sich der Rhein
    auf Schein und auf Sein
    und auf mein und auf dein,
    auf Jüngferlein, Stelldichein, Gänseklein ...

Und ist auch zerklüftet das Deutsche Reich:
im Moorbad der Lyrik verstehn sie sich gleich.
    Viel schneller als bei Richard Dehmel.
    Zum Beispiel so jener aus Memel:
»Äin rhäinisches Mädchen – bäim rhäinischen Wäin –
äi, das muß ja der Himmel – auf Erden säin –
    Wäißt, wenn dir der Wäin nich schmeckt,
    jieß noch 'n kläin Schnaps-che räin! –
Äi, das muß ja der Himmel auf Erden säin –!
    Oder mäinst näin –?«

So ist der Rheinstrom ohne Fehle,
das Familienbad der deutschen Seele.

Das Ideal

Ja, das möchste:
Eine Villa im Grünen mit großer Terrasse,
vorn die Ostsee, hinten die Friedrichstraße;
mit schöner Aussicht, ländlich-mondän,
vom Badezimmer ist die Zugspitze zu sehn –
aber abends zum Kino hast dus nicht weit.

Das Ganze schlicht, voller Bescheidenheit:

Neun Zimmer, – nein, doch lieber zehn!
Ein Dachgarten, wo die Eichen drauf stehn,
Radio, Zentralheizung, Vakuum,
eine Dienerschaft, gut gezogen und stumm,
eine süße Frau voller Rasse und Verve –
(und eine fürs Wochenend, zur Reserve) –,
eine Bibliothek und drumherum
Einsamkeit und Hummelgesumm.

Im Stall: Zwei Ponies, vier Vollbluthengste,
acht Autos, Motorrad – alles lenkste
natürlich selber – das wär ja gelacht!
Und zwischendurch gehst du auf Hochwildjagd.

Ja, und das hab ich ganz vergessen:
Prima Küche – erstes Essen –
alte Weine aus schönem Pokal –
und egalweg bleibst du dünn wie ein Aal.
Und Geld. Und an Schmuck eine richtige Portion.
Und noch ne Million und noch ne Million.
Und Reisen. Und fröhliche Lebensbuntheit.
Und famose Kinder. Und ewige Gesundheit.

Ja, das möchste!

Aber, wie das so ist hienieden:
manchmal scheints so, als sei es beschieden
nur pöapö, das irdische Glück.
Immer fehlt dir irgendein Stück.
Hast du Geld, dann hast du nicht Käten;
hast du die Frau, dann fehln dir Moneten –
hast du die Geisha, dann stört dich der Fächer:
bald fehlt uns der Wein, bald fehlt uns der Becher.

Etwas ist immer.

Tröste dich

Jedes Glück hat einen kleinen Stich.
Wir möchten so viel: Haben. Sein. Und gelten.
Daß einer alles hat:
das ist selten.

Geheimnis

Jüngst betraf mich ein Japaner,
und in des Gespräches Wellen,
als wir von Matrosen sprachen,
ließ er ein klein Wörtlein fallen:
›Skibi‹.

»Was bedeutet das, Geehrter?«
fragt ich leicht und glatt und höflich.
»Nie noch hört ich diese Silben:
Skibi –?

Ists ein Laster? Ein Gesellschafts-
spiel? Kann man es konsumieren?
Tun Matrosen es? Mit wem wohl?
Skibi –?«

Der Japaner nickte höflich,
lächelte und schwieg. Und seitdem
hockt auf mir der Skibi-Wahnsinn.
Skibi! zwitschern alle Spatzen.
Skibi-skibi! gellt die Hupe.
Und die Stadtbahn-Wagenachsen
rattern: Skibi-skibi skibi …!
Skibi! piept die Bodenmaus.
Und so sieht die Sonne aus:

skibiskibiskibiskibiskibiskibiskibiskibiskibiskibi

Traurig krauche ich durchs Leben.
Kann mir niemand Rettung geben?
  Auf, nach Japan laßt mich fahren,
  seekrank, heiß, mit Möwenscharen,
  wochenlang in Schiffsbewegung,
  II. Klasse (mit Verpflegung) –
Und ich seh nicht Palästina,
Indien nicht an und China –
Bombay nicht und nicht Kalkutta,
in Port Said die Kuppelmutter…
Ungegessen, ungeschlafen,
      fahr ich.

Auf dem Quai im Japan-Hafen
spring ich auf den ersten besten,
halt ihn an am Knopf der Westen –
  schreiend frag ich:
      »Was ist Skibi –?«

Der Japaner, kalten Blutes,
spricht: »Das fragt man nicht. Man tut es.
  Skibi-skibi-skibi-skibi –!«

In die Heimat fährt ein Greis.
Stumm. Zerbrochen. Haar schlohweiß.
Geht ins Kloster als Trappist,
weil er nicht weiß, was Skibi ist.

All people on board!

Das ist nämlich so in Berlin:
Einer ist plötzlich für Biographien.
Und aus einem Grunde, grad oder krumm,
gefällt diese Sache dem Publikum.
Das Publikum mag das Neue gern kaufen...

Nun kommen sie aber alle gelaufen!
Jetzt schießen, mit und ohne Komfort,
die Biographien aus dem Boden hervor:

Kaiser Gustav der Heizbare; Fürstenberg;
der Herzbesitzer von Heidelberg;
Frau Neppach, Einstein und Lindberghs Sohn
und vom Landgericht III der Justizrat Cohn –
sie alle bekommen ihre Biographie
(mit Bild auf dem Umschlag) – jetzt oder nie!
Heute so dick wie ein Lexikon,
und morgen spricht kein Mensch mehr davon.

Denn morgen ist da ein neues Glück:
das englische Grusel- und Geisterstück.

Da kommen aber in hellen Haufen
die Theaterdirektoren gelaufen!
›Die Gräfin auf der Kirchhofswand‹,
›Sherlock Piel zwischen Lipp und Kelchesrand‹,
›Das Bidet im Urwald‹ – oder wie das so heißt,
und plötzlich hat jedes Theater nen Geist.
»Das kenn Se nich? Das haben Sie noch nicht gesehn –?
Da müssen Sie unbedingt hingehn –!«

Und auf einen, ders nicht gesehn hat, spucken...
Morgen sind die Achseln ganz müde vom Zucken:
»Wenn ich schon Geisterstücke seh –
Passé!«

Mal Punktroller und mal Negerplatten;
mal Freud und mal Kreuzworträtsel-Debatten;
mal Tiergeschichten und mal Autorennen;
mal muß man den ganzen Brockhaus kennen –
(»Frag mich was!« – Sie mir auch.)
Und so haben nun
die Berliner immer was zu tun.

Denn so ist das in diesem Falle:

Was einer macht, das machen sie alle.
Macht einer Film mit Neckarstrand,
dann nehmen das tausend in die Hand.
Schreibt einer ein Buch vom Dauerlauf,
dann greifen das hundert Verleger auf.
Sie begehren immer, die guten Knaben,
des Nächsten Vieh –
»Müssen wir auch mal haben!«
Sie möchten niemals die eigenen Sachen.
»Das? das müssen wir auch mal machen –!«

Lasset uns dieserhalb nicht weinen.
Wo nichts ist, da borg ich mir einen.
Nur ist da eines – o völkische Schmach! –
komisch:
uns macht keiner nach.

Meine Schrift kann niemand lesen,
nicht mal ich. Nur noch Chinesen
pinseln wichtig.
Ich will kein solch Pinseler bleiben.
Mit acht Fingern laßt mich schreiben!
Aber richtig!
Hebel rauscht, und Glöckchen klingt,
und die Schreibmaschine singt:

Firma Anton Eiermann
sel. Nachfolger
Würzburg an der Würze

Berlin NW 87, den heutigen

Sehr geehrter Herr!

Auf Ihr gefl. wenn auch ausverschämtes Schreiben vom 16. d. M. erlauben wir uns, Ihnen mitzuteilen, daß von einer unpünktlichen Zahlung unsrerseits überhaupt keine Rede sein kann.

Sie haben uns bisher erst 9mal (in vier Wochen) gemahnt, und kann das in Anbetracht der allgemeinen Geldknappheit nur als völ-
lig

normal

Übung kommt so mit den Jahren.
Und ich schalte wie beim Fahren
dritten Gang ein.
Hoppla, Kurve! Achtung, Liebe!
Und ich schalte wie beim Fahren
jeden Klang ein.
Hebel rauscht, und Glöckchen zirpt,
und die Schreibmaschine wirbt:

Dir nur sagen, daß ich Dich so *leidenschaftlich* liebe, daß es schon allen meinen Bekannten auffällt, wie schlecht ich aussehe. Ich habe im letzten Monat 8 (acht) Pfund abgenommen, und das alles auf Dich herauf. Mein kleines Mäuseschwänzchen, wenn Du es irgend einrichten kannst, dann komm doch Sonnabend schon ein bißchen früher, aber zieh Dir nicht die Schlüpfer an, weil ich Dir etwas Wichtiges

Tausend Finger laufen eilig
amtlich, dienstlich, polizeilich
auf den Tasten.
Aufgebote für die Heirat,
das Gesuch beim Polizeirat,
Steuerlasten.
Hebel schnattern, Walze steht,
und die Schreibmaschine fleht:

An den Herrn
Regierungspräsidenten
Magdeburg

In Erneuerung meines Gesuchs vom 5. 4. 23 erlaube ich mir ergebenst auf beregte Angelegenheit zurückzukommen und um eine Namensänderung nochmals dringendst zu bitten. Die Tatsache, daß ich Schlotterhose heiße, hat mir bereits im geschäftlichen sowie auch im privaten Leben außerordentlich geschadet, und bitte ich, mir wenigstens durch einen Gnadenakt das

L

zu erlassen, wovon ich mir eine wesentliche

Besserung

Unser Leben, eingefangen,
ist durch dich hindurchgegangen,
Guillotine!
Unsere Freuden, unsere Sorgen,
gestern, heute, übermorgen –
o Maschine!
Hebel wirbeln, Wagen knackt,
und die Schreibmaschine tackt:

Sie dämliches Luder nur davor warnen, sich noch einmal im Geschäft so mausig zu machen. Wo doch Ihre Tochter Lottchen in der ganzen Straße bekannt ist als Rumtreibersche und auch Ihre Frau abends immer sehr spät und nicht immer allein nach Hause komt wenn Sie mal auf Geschäftsuhr sind Dass Ihr Sauberer Herr Sohn ein Verfahren wegen der kleinen Wechselsache bei seiner Firma auf dem Hals hat, wird er Ihnen wohl nicht gesagt haben aber ich sage es Ihnen Sie Ochsenpantoffel!

Ein Freund des Hauses!

Alles weißt du, Maschine, immer stehst du startbereit!
In dir ist unser Beruf, unser Leben und unsre ganze Zeit.
Sogar auf Reisen kommst du mit, praktisch und gut verpackt,
bis eines Tages zum letzten Male dein Hebel knackt.

Millionen Konzerte steigen täglich auf aus Stahl und Papier.
Was wären wir ohne dich, du Geschäftsklavier –!

Olympiade

Heute ist infolge von Olympia-Siegen
unsere Flagge sieben Mal hochgestiegen!
Demzufolge laßt uns brüllen:
»Hoch...!«
(nach Belieben auszufüllen).
Da schlägt jede Nation Kobolz –
worauf sind die eigentlich stolz?

Wenn Herr Körnig erster Mann wird,
haben sie gesiegt.
Wenn er nur als Zweiter anschwirrt,
haben sie gesiegt.
Wird er Dritter, wird er Vierter,
haben sie gesiegt.

Wird er aber Letztchargierter,
haben sie auch gesiegt.
Ob sie vorne oder hinten liegen,
sie tun egalweg nur siegen.
Und damit es jeden mal ereilt,
wird der Stolz hübsch sauber aufgeteilt:

Läuft ein Mann aus Japan durch das Ziel,
schrein die Japaner.
Siegt ein USA-Mann in dem Spiel,
brüllen die Amerikaner.
Siegt ein Fechter von den Herrn Faschisten,
steigt ein brausender Chor;
siegt ein Jude, nehmen die Zionisten
eine doppelte Beschneidung vor.
So läßt jeder von den bunten Gruppen
seinen höchst privaten Vogel huppen.

Sagt mal, habt ihr Nurmis Beine?
Seid ihr stolz auf Peltzern seine?
Seid ihr stolz auf das, was andere tun?

Lassen wir die Stadion-Helden ruhn.

Denn dies amsterdamer Treiben, wie ich meine,
ist das Spaßvergnügen aufgeregter Skatvereine.

Wenn die Igel in der Abendstunde

Für achtstimmigen Männerchor

Wenn die Igel in der Abendstunde
still nach ihren Mäusen gehn,
hing auch ich verzückt an deinem Munde,
und es war um mich geschehn –
Anna-Luise –!

Dein Papa ist kühn und Geometer,
er hat zwei Kanarienvögelein;
auf den Sonnabend aber geht er
gern zum Pilsner in'n Gesangverein –
Anna-Luise –!

Sagt' ich: »Wirst die meine du in Bälde?«,
blicktest du voll süßer Träumerei
auf das grüne Vandervelde,
und du dachtest dir dein Teil dabei,
Anna-Luise –!

Und du gabst dich mir im Unterholze
einmal hin und einmal her,
und du fragtest mich mit deutschem Stolze,
ob ich auch im Krieg gewesen wär...
Anna-Luise –!

Ach, ich habe dich ja so belogen!
Hab gesagt, mir wär ein Kreuz von Eisen wert,
als Gefreiter wär ich ausgezogen,
und als Hauptmann wär ich heimgekehrt –
Anna-Luise –!

Als wir standen bei der Eberesche,
wo der Kronprinz einst gepflanzet hat,
raschelte ganz leise deine Wäsche,
und du strichst dir deine Röcke glatt,
Anna-Luise –!

Möchtest nie wo andershin du strichen!
Siehst du dort die ersten Sterne gehn?
Habe Dank für alle unvergesserlichen
Stunden und auf Wiedersehn!
    Anna-Luise –!

Denn der schönste Platz, der hier auf Erden mein,
das ist Heidelberg in Wien am Rhein,
    Seemannslos.
Keine, die wie du die Flöte bliese ...!
Lebe wohl! Leb wohl.
    Anna-Luise –!

Glück im Unglück

Ich bin kein Mann, nach dem man in den Kissen schluchzt –
ich weiß es wohl;
da nützt kein Ödipus-Komplex, kein Fluchts-
versuch in das Symbol.
Seit Jahren sagen alle Frauen,
wenn sie mir in die Augen schauen,
sie sagen, seit ich majorenn:
»Schön bist du nicht – klug bist du nicht –
reich bist du nicht – lieb bist du nicht –
was bist du denn?«

Das kränkte auf die Dauer jeden Mann
des Okzidents.
Was folgt daraus? Ich zieh schon lange an
der Konsequenz.
Man muß nur sehn, mit wem ichs treibe:
an Geist vermiekert, Fett am Leibe –
ich frage mich verdüstert, wenn...:
»Schön sind sie nicht – reich sind sie nicht –
klug sind sie nicht – lieb sind sie nicht –
was sind sie denn?«

Man hat mich dünn wie Makkaroni,
den man in Mailand zieht.
Ich bin ja schließlich kein Adoni –
wie heb ich meinen Sexualkredit?
Ich seh mir die an, wo uns so regieren.
Da darf man wohl die Frage formulieren,
betrachtet man die Gentlemen:
»Schön sind sie nicht – klug sind sie nicht –
lieb sind sie nicht – 'tellijent sind sie nicht –
was sind sie denn –
Ja, was sind sie denn –?«

Schlau. Im Skatverein. Und immer vorhanden.
Das befähigt zur Führung in deutschen Landen.

Das Lächeln der Mona Lisa

Ich kann den Blick nicht von dir wenden.
Denn über deinem Mann vom Dienst
hängst du mit sanft verschränkten Händen
    und grienst.

Du bist berühmt wie jener Turm von Pisa,
dein Lächeln gilt für Ironie.
Ja … warum lacht die Mona Lisa?
Lacht sie über uns, wegen uns, trotz uns, mit uns, gegen uns –
    oder wie –?

Du lehrst uns still, was zu geschehn hat.
Weil uns dein Bildnis, Lieschen, zeigt:
    Wer viel von dieser Welt gesehn hat –
    der lächelt, legt die Hände auf den Bauch
        und schweigt.

Was ist im Innern einer Zwiebel –?

Nun nimmt wohl bald der Bauer Geld aus der Schatullen
und macht sich auf mit seiner Kuh zum Bullen –
mit seiner Kuh.

Nun wirft wohl diese Kuh ein Kälbchen sonder Schaden,
und dieses Kälbchen legt dort einen runden Fladen –
das Kälbchen
von der Kuh.

Nun wächst aus diesem Fladen auf der Ackerkrume
wohl bald die schönste rote Bauernblume –
aus dem Fladen
von dem Kälbchen
von der Kuh.

Nun hüpft wohl bald ein Stubenmädchen in dem Grase,
pflückt einen Strauß für ihr Hotel und stellt in eine Vase
die Blumen
aus dem Fladen
von dem Kälbchen
von der Kuh.

In diesem so geschmückten Raum – denn sieh, er hat ihn
ja vorbestellt – liegt froh der heitere Hochzeitsreisende bei seiner
Gattin –
in Zimmer 28
mit den Blumen
aus dem Fladen
von dem Kälbchen
von der Kuh.

Und hier empfängt sie einen anfangs anonymen Knaben,
sie trägt ihn aus, gebärt – er ist von großen Gaben –
von den Hochzeitsreisenden
aus Zimmer 28
mit den Blumen
aus dem Fladen
von dem Kälbchen
von der Kuh.

Der Knabe reift heran, erbt einen ganzen Batzen
und gründet sich ein Etablissement für Bett-Matratzen –
der Sohn
der Hochzeitsreisenden
aus Zimmer 28
mit den Blumen
aus dem Fladen
von dem Kälbchen
von der Kuh.

Nun schneuzt sich breit sein erster Vorarbeiter,
wischt sich den Bart und pinselt flötend weiter –
in der Fabrik
des Sohnes
der Hochzeitsreisenden
aus Zimmer 28
mit den Blumen
aus dem Fladen
von dem Kälbchen
von der Kuh.

Der Vorarbeiter hat das Bett lackiert. Nun nimmt er einen Schluck.
In diesem Bett tu ich den letzten Atemzug.

Lehrgedicht

Wenn du mal gar nicht weiter weißt,
dann sag: Mythos.
Wenn dir der Faden der Logik reißt,
dann sag: Logos.
Und hast du nichts in deiner Tasse,
dann erzähl was vom tiefen Geheimnis der Rasse.
So erreichst du, daß keiner, wie er auch giert,
dich je kontrolliert.

Willst du diskret die Leute angeilen,
dann sag: Eros.
Sehr viel Bildung verleiht deinen Zeilen:
Dionysos.
Aber am meisten tun dir bieten
die katholischen Requisiten.
Tu fromm – du brauchst es gar nicht zu sein.
Sie fallen drauf rein.

Machs wie die Literatur-Attachés:
nimm ein Diarium.
Die Hauptsache eines guten Essays
ist das Vokabularium.
Eros und Mythos hats immer gegeben,
doch noch nie so viele, die von ihnen leben …
So kommst du spielend – immer schmuse du nur! –
in die feinere deutsche Literatur.

Ich habe mich erkältet

Ich weiß dicht, was bit beider Dase ist –
da ist was dridd…
Doch soll bich dies dicht hindern,
euch, lieben Kindern,
ein deutsches Lied zu singen – uns allen zum Gewidd –:

Barkig schallt der Ruf der deutschen Bannen:
»Heil deb großen Zeppeliend!
Welcher butig flog von dannen,
über alle Welten hiend!«
  Alle Benschen konnten ihn sehnd!
  Welch ein Phädobeend –!

Donnen, Deger und berlider Dutten
labten sich an seinemb Bild –
ohmb schrieben sie mit Underwoodn,
und sie aßen Hubber, Lachs und Wild,
  sowie auch die leckre Barbelade –
  daß ich dicht dabei war, das war schade.

Eckners Namb' sollt man id Barbor ritzen,
auf Zigarren, id ded Steid vom Dobido –
auf deb Präsidentenstuhle sollt er sitzen,
dafür neblich ist derselbe do…
  Alle, alle kedden ihnd ja schond,
  selbst Biss Babbitt und Frau Dathadsohnd.

Kein Bobent kann dieser Ruhmb sich wandeln,
Darumb bache ich ihmb dies Gedicht.
Was ist in der Dase… oder in ded Bandeln…
Aber Gottseidank: ban berkt es dicht.

Unerledigte Konten

Als Kind – so um 95 rum –
da war ich bei Tante Jenny
zur Kindergesellschaft eingeladen,
mit Fritz und Ellen und Männi.
        Ja.
Und da hats Sahnenbaisers gegeben,
jeder hat eins bekommen;
und dann wurde noch mal herumgereicht –
und ich hab keins mehr genommen!
  Das hat mich noch jahrelang geplagt ...!
  Ich hätte sollen ... und hab Nein gesagt.

Da hab ich noch eine Braut zu stehn
in Neu-Globsow – die Dame hieß Kätchen;
irgendwas war da ... die hat so geguckt ...
doch ich hatte genug der Mädchen.
        Ja.
Und dann hat sie mir noch mal geschrieben,
Briefe? Wie? Ist das schön?
Und dann war ich zu faul, und Neu-Globsow ist weit,
und jetzt möcht ich sie wiedersehn.
  Wie mich das in leeren Nächten plagt ...
  Ich hätte sollen ... und hab Nein gesagt.

Da stand ich vor Jahren in Moabit
vor einem Talar, den das freute;
er redete, redete, quatschte und schrie
und redet gewiß noch heute.
        Ja.
Und aus einem hier nicht zu erzählenden Grund
hielt ich die ganze Zeit meinen Mund.
Ich mußte. Und habe nichts gesagt.
Aber das hat mich noch oft geplagt!
  Mit dem Jungen tret ich gern noch mal an –
  nur ein einziges Mal!
                aber dann – aber dann –

Ist ja gar nicht wahr.
Wenn heut Kätchen da steht,
das Baiser und der Kerl aus Moabit –:
es ist ja leider alles zu spät!
Es ist immer das gleiche Lied:
Wenn wir was brauchen, dann haben wirs nicht;
und wenn wir es kriegen, dann wollen wirs nicht.
Lieber Gott! sei doch nur einmal gescheit
und gib uns die Dinge zu ihrer Zeit –!
Amen.

Die Tagung

Nun, Mutter, bürst mir den Zylinder,
den guten Sonntags-Gehrock hol herbei;
gehab dich wohl – paß gut auf, auf die Kinder,
pack mir die Stullen ein und auch ein Ei...
  Heut fahr ich los, um neun Uhr, im Expreß...
    heut ist Kongreß!

Vom Reichsverband sind die Kollegen
schon alle in die ferne Stadt geeilt.
Man wird uns dort brillant verpflegen,
weil ein Minister bei uns weilt.
  Die Hoteliers sind froh. Sie wissen es:
    heut ist Kongreß.

Zu ernster Arbeit sind wir dort versammelt.
Der Herr Minister spricht – das ist der Clou
(da ist der Saal noch voll, voll wie gerammelt) –
er sagt uns seine Unterstützung zu...
  Das ist ein großes Wort. Ein amtliches –
    heut ist Kongreß.

Dann wird man viele schönen Reden hören.
Jedweder bittet um des Wortes Gunst.
Da kann uns die Opposition nicht stören –
Abstimmen lassen ist *auch* eine Kunst.
  Die Hände hoch! Und kurz ist der Prozeß...
    heut ist Kongreß.

Wir sprechen von den einfach ungeheuern
Unkosten in Fabrik und in Büro
und von den viel zu hohen Steuern –
»Das, meine Herren, geht nicht weiter so!
  Was hier geschieht, ist ein Exzeß!«
    Heut ist Kongreß.

Im Saal ein Nickerchen ... die Uhr ist viere ...
Der Redner liest und liest und redet seins ...
Dann sitzen wir in Reihen froh beim Biere
und trinken, trinken immer noch eins.
  Denn, Mutter, schon die ollen Germanen
  versammelten sich mit allen Schikanen
  rechts vom Rhein und links vom Rhein:
  Deutsche Arbeit will beredet sein.
  Weil selbe immer nur gedeiht
  im Treibhaus unserer Wichtigkeit.
  Leb wohl! Da pfeift schon der Expreß ...!
      Heut ist Kongreß.

Trunkenes Lied

Der Igel sprach zum Oberkellner:
»Bedienen Sie mich ein bißchen schnellner!
Suppe – Gemüse – Rostbeef – und Wein!
Ich muß in den Deutschen Reichs-Igel-Verein!«

Da sprach der Oberkellner zum Igel:
»Ich hab so ein komisches Gefiegel –
ich bediene sonst gerne, prompt und coulant,
aber ich muß in den Oberkellner-Verband!«

Der Igel saß stumm, ohne zu acheln,
und sträubte träumerisch seine Stacheln –
Messer und Gabel rollten über die Decke.
Sie rollten zum Reichsverband Deutscher Bestecke.

Des wunderte der Igel sich.
Er ging in ›Für Herren‹ züchtiglich;
doch der Alte, der dort reine macht,
war auf der Deutschen Klosettmänner-Nacht.

Ein Rauschen ging durch des Igels Stoppeln –
er tät bedrippt nach Hause hoppeln
          und sprach unterwegs
          (und aß einen Keks):
»Ich wohne gern. Aber seit ich in Deutschland wohne,
ist mein igeliges Leben gar nicht ohne.
Sie sind stolz, weil sie sich in Gruppen mühn –
doch sie sind nur gestörte Individühn.
Menschen? Mitglieder sind diese Leute.
Unsern täglichen Verband gib uns heute!
                    Amen.«
                              (sagte der Igel).

Ideal und Wirklichkeit

In stiller Nacht und monogamen Betten
denkst du dir aus, was dir am Leben fehlt.
Die Nerven knistern. Wenn wir das doch hätten,
was uns, weil es nicht da ist, leise quält.
  Du präparierst dir im Gedankengange
  das, was du willst – und nachher kriegst dus nie...
  Man möchte immer eine große Lange,
  und dann bekommt man eine kleine Dicke –
    C'est la vie –!

Sie muß sich wie in einem Kugellager
in ihren Hüften biegen, groß und blond.
Ein Pfund zu wenig – und sie wäre mager,
wer je in diesen Haaren sich gesonnt...
  Nachher erliegst du dem verfluchten Hange,
  der Eile und der Phantasie.
  Man möchte immer eine große Lange,
  und dann bekommt man eine kleine Dicke –
    Ssälawih –!

Man möchte eine helle Pfeife kaufen
und kauft die dunkle – andere sind nicht da.
Man möchte jeden Morgen dauerlaufen
und tut es nicht. Beinah... beinah...
  Wir dachten unter kaiserlichem Zwange
  an eine Republik... und nun ists die!
  Man möchte immer eine große Lange,
  und dann bekommt man eine kleine Dicke –
    Ssälawih –!

Danach

Es wird nach einem happy end
im Film jewöhnlich abjeblendt.
  Man sieht bloß noch in ihre Lippen
  den Helden seinen Schnurrbart stippen –
  da hat sie nu den Schentelmen.
    Na, un denn –?

Denn jehn die beeden brav ins Bett.
Na ja... diß is ja auch janz nett.
  A manchmal möcht man doch jern wissn:
  Wat tun se, wenn se sich nich kissn?
  Die könn ja doch nich imma penn...!
    Na, un denn –?

Denn säuselt im Kamin der Wind.
Denn kricht det junge Paar 'n Kind.
  Denn kocht sie Milch. Die Milch looft üba.
  Denn macht er Krach. Denn weent sie drüba.
  Denn wolln sich beede jänzlich trenn...
    Na, un denn –?

Denn is det Kind nich uffn Damm.
Denn bleihm die beeden doch zesamm.
Denn quäln se sich noch manche Jahre.
Er will noch wat mit blonde Haare:
vorn doof und hinten minorenn...
    Na, un denn –?

Denn sind se alt.
                Der Sohn haut ab.
Der Olle macht nu ooch bald schlapp.
  Vajessen Kuß und Schnurrbartzeit –
  Ach, Menschenskind, wie liecht det weit!
  Wie der noch scharf uff Muttern war,
  det is schon beinah nich mehr wahr!

Der olle Mann denkt so zurück:
wat hat er nu von seinen Jlück?
Die Ehe war zum jrößten Teile
vabrühte Milch un Langeweile.
Und darum wird beim happy end
im Film jewöhnlich abjeblendt.

Kino privat

Für Emil Jannings

In vielen Prokuristen steckt ein Perser-Schah,
der ruht, verzaubert. Aber manchmal, im Büro,
wenn schläfrig nebenan die Schreibmaschinen schnattern,
so kurz nach Tisch ... schlägt er im Traum die Augen auf
und atmet.
Dreimal klatscht er leise
in die Hände. Ibrahim erscheint
und kreuzt die Arme, neigt sich, schweigt.
»Die Mädchen!« sagt der Prok ... der Schah.
Und sieben Mädchen trippeln
um ihn herum, jung, schlank, mit Öl gesalbt,
und eine ist dabei, feist wie ein praller Sack.
Der Schah versinkt in Weiberfleisch, in Brüste, die ihn streicheln,
er weiß nichts mehr, sieht rot, ist sieben Male Mann ...
Wach auf, Gehirn! Das Hirn erwacht,
und aller Unflat, den er je gelesen
und je erträumt, bricht aus dem Prokuristen-Schah.
Er schaut, er schmatzt, er schmeckt, er wittert ...
»Fatme! Suleima! Ah, du bist ...«
Entzwei
reißt ihn ein Klingellaut, der hart verzittert.
Schah ab. Der Prokurist:
»Hier Lützow siebenundsiebenzignulldrei!
Am Apparat. Der Skonto? Wie gewöhnlich!
Na, unser Doktor Freutel hat persönlich ...«

In vielen Angestellten wohnt ein Dschingis Khan,
der schläft, verzaubert.
Aber manchmal, wenn
der launenhafte Chef den Angestellten piesackt,
bis dem die Galle hochsteigt, bis er kocht
und bis er platzt –: dann steht der Kriegsmongole
wild in ihm auf. Er stürzt sich auf den Chef,
pfeift seinen Leuten, und die packen

den Herrn Direktor, binden ihn mit Lassos
und werfen ihn auf ihre Pferde,
nein: er wird am Sattel festgebunden
und muß nun laufen. Laufe! Willst du laufen!
Du Hund! Die Peitsche saust. Es stöhnt der Chef!
Dann wirbeln ihn die Reiter auf die Erde
und schneiden ihm... nein: nadeln ihn...
nein: braten ihn in Kohlenfeuer
und streuen Salz und Pfeffer in die Wunden.
Und Mostrich.
Und der Dschingis Khan
streicht seinen Seidenbart und lächelt: »Na, Herr Zaschke...?«
Und während der Gefangene sich am Boden ringelt,
ergreift der Dschingis Khan den vollen Silberhumpen,
tut einen tiefen Schluck...
»Der Alte hat geklingelt!«
»Sie! Könn Sie mir nicht Ihre Zinstabelle pumpen?«
– »Gewiß, Herr Direktor!
Jawohl, Herr Direktor Zaschke!
Bis morgen früh, Herr Direktor!
Seppfaständlich, Herr Direktor –!«

So laufen manche Filme tief in Finsternissen.
Kino privat. Der Regisseur siegt immer über das Geschick.
Du lächelst, Lottchen. Und ich möchte gerne wissen:
Was denkst du dir in diesem Augenblick?
Du machst dir viele Filme aus den Dingen.
Das tun sie alle. Laß sie ruhig drehn.
Denn sagts der andre nicht wie Götz von Berlichingen –:
das, was er denkt, kann man zum Glück nicht sehn.

Das dritte Reich

Es braucht ein hohes Ideal
der nationale Mann,
daran er morgens allemal
ein wenig turnen kann.
  Da hat denn deutsche Manneskraft
  in segensreichen Stunden
  als neueste Errungenschaft
  ein Ideal erfunden:
Es soll nicht sein das erste Reich,
es soll nicht sein das zweite Reich ...

Das dritte Reich?
Bitte sehr! Bitte gleich!

Wir dürfen nicht mehr massisch sein –
wir müssen durchaus rassisch sein –
und freideutsch, jungdeutsch, heimatwolkig
und bündisch, völkisch, volkisch, volkig ...
und überhaupt.
        Wers glaubt,
wird selig. Wer es nicht glaubt, ist
ein ganz verkommener Paz- und Bolschewist.

Das dritte Reich?
Bitte sehr! Bitte gleich!

Im dritten Reich ist alles eitel Glück.
Wir holen unsre Brüder uns zurück:
die Sudetendeutschen und die Saardeutschen
und die Eupendeutschen und die Dänendeutschen ...
Trutz dieser Welt! Wir pfeifen auf den Frieden.
Wir brauchen Krieg. Sonst sind wir nichts hienieden.
Im dritten Reich haben wir gewonnenes Spiel.
Da sind wir unter uns.
            Und unter uns, da ist nicht viel.

Da herrscht der Bakel und der Säbel und der Stock –
da glänzt der Orden an dem bunten Rock,
da wird das Rad der Zeit zurückgedreht –
wir rufen »Vaterland!«, wenns gar nicht weiter geht...
Da sind wir alle reich und gleich
im dritten Reich.
Und wendisch und kaschubisch reine Arier.

Ja, richtig... Und die Proletarier!
Für die sind wir die Original-Befreier!
Die danken Gott in jeder Morgenfeier –
        Und merken gleich:
Sie sind genau so arme Luder wie vorher,
genau solch schuftendes und graues Heer,
genau so arme Schelme ohne Halm und Haber –
        Aber:
    im dritten Reich.

Und das sind wir.
            Ein Blick in die Statistik:
Wir fabrizieren viel. Am meisten nationale Mistik.

Kleines Operettenlied

Mit ihm schlafen ja,
aber keine Intimitäten

Sei nicht böse, wenn ich dich, du liebe Inge,
hier leis besinge –
hör mich mal an:
In dem weiten Reich der schwärmerischen Dinge
knüpft eine Schlinge
dir jeder Mann.

Doch die Nacht ist keineswegs des Werkes Krönung.
Sieh, erst nachher da beginnt das wahre Spiel;
denn das Schlimmste an der Liebe ist Gewöhnung...
ein Mal ist kein Mal, aber acht Mal sind sehr viel.
Laß die Liebe aus dem Spiel, wenn du liebst.
Weil du dir dabei zu viel
vergibst.
Höre nicht auf Schmeichelein!
Mußt du stets die Dumme sein?
Wenn du ehrlich bist, dann fällst du rein!
Das Geschäft ist faul: er nimmt, und du gibst...
Laß die Liebe aus dem Spiel, wenn du liebst!
Steht nach Küssen dir der Sinn,
na, dann geh nur ruhig hin –
Doch von Liebe, doch von Liebe steht nichts drin!

Und ich weiß, wie das mal wird, du liebe Inge,
wenn ich einst hinge
an deiner Brust:
Um die Augen hast du dunkelblaue Ringe,
doch ach! ich bringe
dich nicht zur Lust.

Warum kommts, daß wir uns so verlieren müssen?
Wer mehr liebt, der leidet noch und noch.
Und du siehst an mir vorbei, wenn wir uns küssen,
und du hast Furcht. Und liebst ja doch...

Laß die Liebe aus dem Spiel, wenn du liebst.
Weil du dir dabei zu viel
vergibst.
Erst schenkst du dein schönes Bein,
und du sagst: »Mehr solls nicht sein!«
Und das Herz, das folgt dann hinterdrein...
Und ich rate dir vergebens, wenn du gibst:
Laß die Liebe aus dem Spiel, wenn du liebst!
  Frau und Mann sind niemals frei.
  Stets ist ein Gefühl dabei.
Und die Dummen sind gewöhnlich alle zwei!

Na, is doch so!

Wenn wir wolln, denn wolln se nich,
Denn könn se nich, denn wolln se nich,
denn ham se keene Zeit.
Wir sind janz wild – bei uns, da brennts...
Denn ham se alle ne Konferenz –
»Bedaure – tut uns leid!«
Wenn wir mal wolln, denn wolln se nich,
und wenn wir wolln, denn will sie nich;
sie sacht, sie is ihn treu.
Bei uns da pupperts unterwärts,
und unter andern auch das Herz –
sie macht in Mädchenscheu.
        Manchmal is et reine lächerlich:
        wenn wir wolln, wolln die andern nich.

A wenn wir uns ma wolln vaschnaufen –:
denn komm se alle anjelaufen!
Denn sind se plötzlich alle da!
Herr Doktor hier – und mein Sießer da!
– »Ach, komm se doch zu uns zum Tee!«
– »Für Sie hab ich eine Bombenidee!«
– »Ach, sahrn Se doch nich imma Nein!«
– »Ich nehm Sie in mein Geschäft mit rein!«
Keiner läßt dich mehr in Ruhe,
ein Jemache und ein Jetue!
Jeder hat eine Extrasache,
und ein Jetue un ein Jemache...
Da jrinst du. Un weißt in jeden Falle:
wenn wir nich wolln, denn wolln se alle.

Der Philosoph sitzt aufn Klo
und denkt: Et klappt nicht imma so.

Abendlied

Auf den Bergen liegt der Schatten,
und der See ist dunkelgrün.
Von den Sechs-Mark-fünfzig-Platten
singt Maria Ivogün...
  Horch, die schöne Melodie:
  »Tralahü – lahü – lahi!«
  Dumpf tönts von der Kegelbahn – – –
... Was hast du am Tag getan –?

Hast du einen Brief geschrieben?
Hast du im Büro gepennt?
Hast du Unkeuschheit getrieben?
Nahmst du 10½ Prozent
  als Bankier der Industrie...
  Tralahü – lahü – lahi –
  Singt sie nicht wie Marzipan!
... Was hast du am Tag getan?

Hast des Staates du im stillen
dankbar-demutsvoll gedacht?
Hast du Margot Abführpillen,
die sie wollte, mitgebracht?
  Dachtest du, wie Hitler schrie...
  Tralahü – lahü – lahi –
  mit dem bierigen Organ – – –
Was hast du am Tag getan?

Morgen, denkst du, bin ich schlauer.
Morgen fang ichs richtig an.
Jeder – Städter oder Bauer –
ist zur Nacht ein kluger Mann.
  Aber welche Ironie –
  Tralahü – lahü – lahi –:
    Morgen leben alle Leute
    egalweg genau wie heute.

Wahre Liebe

Wenn ich so müd nach Hause komm,
zerredet und zerschrieben:
dann sitzt du da, so lieb und fromm.
Man muß, man muß dich lieben!
  Die Nacht gleich einem Feste ist.
  Ich weiß, daß du die Beste bist.
  Und warum ist das? Nämlich:
    Du bist so himmlisch dämlich.

Du hast es gut.
                              Du ahnst es nicht,
was Stalin jüngst gesprochen;
weißt nichts vom leipziger Reichsgericht
und nichts von Kunstepochen.
  Du hältst einen Puff für ein Hotel
  und Bronnen für einen lauteren Quell...
  Ich liebe dich. Weil... nämlich...
    Du bist so himmlisch dämlich!

Mein blondes Glück! Von Zeit zu Zeit
tu ich ein bißchen fremd gehn.
Die andern Frauen sind so gescheit
und lassen das noch im Hemd sehn.
  Dann kehr ich reuig zu dir zurück
  und genieße tief atmend das reine Glück...
  Dumm liebt zweimal.
                                        Nämlich:
  Du bist so himmlisch dämlich –!

Karrieren

Et jibt Karrieren – die jehn durch den Hintern.
Die Leute kriechen bei die Vorgesetzten rin.
Da is et warm. Da kenn se ibawintern.
Da bleihm se denn ne Weile drin.
  I, denken die – kein Neid! Wer hat, der hat.
  Denn komm se raus. Denn sind se plötzlich wat.

Denn sind se plötzlich feine Herrn jeworden!
Denn kenn die de Kollejen jahnich mehr.
Vor Eifa wolln se jeden jleich amorden:
»Ich bün Ihr Vorjesetzta! Bütte sehr!«
  Und jeda weeß doch, wie set ham jemacht!
  Det wird so schnell vajessen … Keena lacht.

Int Jejenteil.
            Der sitzt noch nich drei Stunden
in seine neue Stellung drin –:
da hat sich schon 'n junger Mann jefunden,
der kriechtn wieda hinten rin!
  Und wenn die janze Hose kracht:
  weil mancha so Karriere macht.
    Er hat det Ding jeschohm.
    Nu sitzt a ehmt ohm.
    Von oben frisch und munter
    kuckt keena jerne runter.
    Weil man so rasch vajißt,
    wie man ruff,
              wie man ruff,
    wie man ruffjekommen ist –!

Ballade

Da sprach der Landrat unter Stöhnen:
»Könnten Sie sich an meinen Körper gewöhnen?«
Und es sagte ihm Frau Kaludrigkeit:
»Vielleicht. Vielleicht.
Mit der Zeit ... mit der Zeit ...«
Und der Landrat begann allnächtlich im Schlafe
laut zu sprechen und wurde ihr Schklafe.
Und er war ihr hörig und sah alle Zeit
Frau Kaludrigkeit – Frau Kaludrigkeit!

Und obgleich der Landrat zum Zentrum gehörte,
wars eine Schande, wie daß er röhrte;
er schlich der Kaludrigkeit ums Haus ...
Die hieß so – und sah ganz anders aus:
Ihre Mutter hatte es einst in Brasilien
mit einem Herrn der bessern Familien.
Sie war ein Halbblut, ein Viertelblut:
nußbraun, kreolisch; es stand ihr sehr gut.
Und der Landrat balzte: Wann ist es soweit?
Frau Kaludrigkeit – Frau Kaludrigkeit!

Und eines Abends im Monat September
war das Halbblut müde von seinem Gebember
und zog sich aus. Und sagte: »Ich bin ...«
und legte sich herrlich nußbraun hin.
Der Landrat dachte, ihn träfe der Schlag!
Unvorbereitet fand ihn der Tag.
Nie hätt er gehofft, es noch zu erreichen.
Und er ging hin und tat desgleichen.

Pause

Sie lag auf den Armen und atmete kaum.
Ihr Pyjama flammte, ein bunter Traum.
Er glaubte, ihren Herzschlag zu spüren.
Er wagte sie nicht mehr zu berühren ...

Er sann, der Landrat. Was war das, soeben?
Sie hatte ihm alles und nichts gegeben.
Und obgleich der Landrat vom Zentrum war,
wurde ihm plötzlich eines klar:
Er war nicht der Mann für dieses Wesen.
Sie war ein Buch. Er konnt es nicht lesen.
Was dann zwischen Liebenden vor sich geht,
ist eine leere Formalität.

Und so lernte der Mann in Minutenfrist,
daß nicht jede Erfüllung Erfüllung ist.
Und belästigte nie mehr seit dieser Zeit
die schöne Frau Inez Kaludrigkeit.

Eine kleine Geburt

Ich lebte mit Frau Sobernheimer;
sie war so lieb, sie war so nett.
Wir wuschen uns im selben Eimer,
wir schliefen in demselben Bett.
  So trieben wir es manches Jahr …
  Bis sie den Knaben mir gebar.

Doch dieser Knabe war kein Knabe.
Wir hatten in der dunklen Nacht
als Zeitvertreib und Liebesgabe
uns dieses Wesen ausgedacht.
  Frau S. war jeden Kindes bar.
  Der Knabe, der hieß Waldemar.

Und war so klug! – Nach fünfzehn Tagen,
gelebt im Kinderparadies,
da konnte er schon Scheibe sagen,
bis man ihm solches leicht verwies.
  Er setzte sich aufs Tintenfaß
  und machte meinen Schreibtisch naß.

Er wuchs heran, der Eltern Freude,
ein braves, aufgewecktes Kind.
Wir merkten an ihm alle beude,
wie süß der Liebe Früchte sind.
  Da fragte Mutti ganz real:
  »Was wird der Junge denn nun mal –?«

Hebamme? General? Direktor?
Bootlegger? Hirt? Ein Schiffsbarbier?
Verlorner Mädchenheim-Inspektor?
Biographist? Gerichtsvollziehr?
  Ein Freudenmännchen? Jubilar –?
  Uneinig war das Elternpaar.

Ein Krach stieg auf, bis zu den Sternen!
Frau S., die krisch. Die Türe knallt.
Sie wollt ihn lassen Bildung lernen,
ich aber war für Staatsanwalt.
  Ein Kompromiß nahm sie nicht an:
  im Kino, als Bedürfnismann.

Der Lümmel grölte in der Küche
und fand den Krach ganz wunderbar.
So ging die Liebe in die Brüche –
und alles wegen Waldemar?
  Da sprach ich fest: »Mein trautes Glück!
  Wir geben dieses Jör zurück!«

Gemacht.
          Nun ist Frau Sobernheimer
wie ehedem so lieb und nett.
Wir waschen uns im selben Eimer,
wir schlafen in demselben Bett.
  Und denken nur noch hier und dar
  mal an den seligen Waldemar.

Sauflied, ganz allein

Manchmal denke ich an dich,
das bekommt mich aber nich,
denn am nächsten Tag bin ich so müde.
Du mein holdes Glasgespinst!
Ob du dich auf mich besinnst?
Morgens warst du immer etwas prüde.
Darum trink ich auf dein Wohl
dieses Gläschen Alkohol!
Braun und blond – rot und schwarz –
Ihr sollt leben!

Deine Augen sind so blau
ganz genau wie bei der Frau
Erna Margot Glyn-Kaliski.
Rheinwein ist nicht stark genug,
darum nehm ich einen Schluck
von dem guten, gelben Whisky.
Und ich trinke auf dein Wohl
dieses Fläschchen Alikol –
Braun und Blond – Black and White…
Ihr sollt leben!

Tinte, Rotwein und Odol
sind drei Flüssigkeiten wohl –
davon kann der Mensch schon leben.
So schön kannst du gar nicht sein,
wie in meinen Träumerein –
so viel kannst du gar nicht geben.
Allerschönste Frauenzier,
ach, wie gut, daß du nicht hier!
Oh, wie gerne man doch küßt,
wenn die Frau wo anders ist…!
Und darum trink ich auf dein Wohl!
Nun ade, mein Land Tirol!
Lebe wohl! Nur in den kleinen Räuschen

lebe wohl, kann die Frau uns nicht enttäuschen!
Lebe wohl! Lebe wohl!
Lebe wohl, mein Land Tirol –!

Also wat nu – ja oder ja?

Wie ick noch 'n kleena Junge wah,
da hattn wa auffe Schule
een Lehra, den nannten wa bloß: Papa –
een jewissen Doktor Kuhle.
  Un frachte der wat, un der Schieler war dumm,
  un der quatschte und klönte bloß so rum,
  denn sachte Kuhle feierlich:
    »Also – du weeßt et nich!«

So nachn Essen, da rooch ick jern
in stillen meine Sßijarre.
Da denk ick so, inwieso un wiefern
un wie se so looft, die Karre.
  Wer weeß det... Heute wähln wa noch rot,
  un morjen sind wa valleicht alle tot.
  Also ick ja nich, denkt jeda. Immahin...
  man denkt sich so manchet in seinen Sinn.
Ick bin, ick werde, ich wah jewesen...
Da haak nu so ville Bicher jelesen.
Und da steht die Wissenschaft uff de Kommode.
Wie wird det mit uns so nachn Tode?
Die Kürche kommt jleich eilich jeloofn,
da jibt et 'n Waschkorb voll Phillesophen...
Det lies man. Un haste det hinta dir,
dreihundert Pfund bedrucktet Papier,
  denn leechste die Weisen
  beit alte Eisen
un sachst dir, wie Kuhle, innalich:
  Sie wissen et nich. Sie wissen et nich.

Imma mit die Ruhe!

Wenn ick det sehe, wat se so machn,
wie se bei de jeringsten Sachn
sich uffpustn, det man denkt, se platzen –
wie se rot anlaufn, bis an die Jlatzen,
  ahms spät un morjens um achte –:
    sachte! sachte!
Warum denn so furchtbar uffjerecht?
Wir wern mal alle inn Kasten gelecht.

Wissen Se, ick wah mal dabei –
da hattn se uff de Polessei
eenen Selbstmörda, jänzlich nackt,
in eenen murksijen Sarch jepackt.
  Die hatten det eilich! Un ick dachte:
    Sachte! Sachte!
Un der Anblick hat sich mir injeprecht:
Wir wern mal alle inn Kasten jelecht.

Janich rellejöhs.
          Wie soll ick det sahrn ...?
Ick kann det Jefuchtel nich vatrahrn.
Wir komm bei Muttan raus mit Jeschrei,
un manche bleihm denn auch dabei.
  Wenn ick mir det so allens betrachte:
    Imma sachte!
Mal liechste still. Denn wird ausjefecht.
Un wir wern alle inn Kasten jelecht.

Media in vita

Die läuft rum, die mir die Augen zudrückt:
    eine Krankenpflegerin.
Ordnet noch die Fläschchen auf dem Nachttisch,
wenn ich schon hinüber bin.
    Leise kreuzt sie meine Hände übern Bauch.
    Das ist ein Beruf wie andre auch.

Jeden Morgen, wenn ich mich rasiere,
denk ich in dem Glanz des Lampenscheins,
während ich mich voller Seife schmiere:
jetzt sinds nur noch x-mal minus eins.
    Und da steh ich voller Schaum und Frömmigkeit,
    und ich tu mir außerordentlich leid.

Da, wo sich die Parallelen
schneiden, fliege ich dann hin.
Ach, ich werde mir doch mächtig fehlen,
wenn ich einst gestorben bin.
    Andern auch –? Wer seine Augen aufmacht, sieht:
    Sterben ist, wie wenn man einen Löffel aus dem Kleister zieht.

Dreh dich hin, dreh dich her – kleine Wetterfahne – !

Der Zeitungsverleger Mülvoß, als welcher ein krummer Jid,
sprach: »Wissen Se – ich bin nämlich Antisemit!
Sie haben eben keinen Sinn für Wehrhaftigkeit!
Ich und mein Blatt, wir gehen mit unsrer Zeit!
        Mit der Zeit muß man mitgehn!«

Und es erhob sich ein Wispern im Blätterwalde.
Und jeder Mitarbeiter fühlte: Warte nur, balde ...!
Und die Redakteure bildeten sich im Kunstfliegen aus,
und je jüdischer einer hieß, desto raußerer flog er raus.
        Mit der Zeit muß man mitgehn.

Und siehe, es entdeckten manche Spitzen der Verlegerei,
daß es mit dem Militarismus gar nicht so böse sei.
Denn wer nicht reiten kann, der ist entweder Pazifist,
oder er bewundert alles, was ein Kommißknopp ist.
        Mit der Zeit muß man stramm stehn.

Aber denkt denn der Druckereibesitzer von solchem Blatt,
daß der Adolf Hitler so ein kurzes Gedächtnis hat?
        Und nimmt nichts mehr krumm?
        Dumm ist er ja. Aber so dumm ...!
Und das ist das Beschämende an diesem Gesindel, das den Faschismus stützt:
daß ihm der Umfall auch nicht das geringste nützt.
        Mit der Zeit werden sie eingehn.

Wie mans macht...

a) Trost für den Ehemann

Und wenn sie dich so recht gelangweilt hat,
dann wandern die Gedanken in die Stadt...
Du stellst dir vor, wie eine dir,
und wie du ihr, das denkst du dir...
    Aber so schön ist es ja gar nicht!

Mensch, in den Bars, da gähnt die Langeweile.
Die Margot, die bezog von Rudolf Keile.
Was flüstert nachher deine Bajadere?
Sie quatscht von einer Filmkarriere,
und von dem Lunapark und Feuerwerk,
und daß sie Reinhardt kennt und Pallenberg...
    Und eine Frau mit Seele? Merk dies wichtige:
    die klebt ja noch viel fester als die richtige.

Du träumst von Orgien und von Liebesfesten.
Ach, Mensch, und immer diese selben Gesten,
derselbe Zimt, dieselben Schweinerein –
was kann denn da schon auf die Dauer sein!
Und hinterher, dann trittst du an
mit einem positiven Wassermann,
    so schön ist das ja gar nicht.

Sei klug. Verfluch nicht deine Frau, nicht deine Klause.
Bleib wo du bist.
            Bleib ruhig zu Hause.

b) Trost für den Junggesellen

Du hast es satt. Wer will, der kann.
Du gehst jetzt häufiger zu Höhnemann.
Der hat mit Gott zwei Nichten. Zart wie Rehe.
Da gehst du ran. Du lauerst auf die Ehe.

Bild dir nichts ein. Du schüttelst mit dem Kopf?
Ach, alle Tage Huhn im Topf
und Gans im Bett – man kriegt es satt,
man kennt den kleinen Fleck am linken Schulterblatt...
So schön ist es ja gar nicht!

Sie zählt die Laken. Sagt, wann man großreinemachen soll.
Du weißt es alles, und du hast die Nase voll.
Erst warst du auf die Heirat wie versessen;
daß deine Frau auch Frau ist, hast du bald vergessen.

Sei klug. Verfluch nicht deine Freiheit, deine Klause.
Bleib wo du bist.
Bleib ruhig zu Hause.

c) Moral

Lebst du mit ihr gemeinsam – dann fühlst du dich recht einsam.
Bist du aber alleine – dann frieren dir die Beine.
Lebst du zu zweit? Lebst du allein?
Der Mittelweg wird wohl das richtige sein.

Der Zerstreute

Mein Blinddarm, der ruht in Palmnicken;
ein Backenzahn und überdies
ein Milchzahn liegen in Saarbrücken.
Die Mandeln ruhen in Paris.

So streu ich mich trotz hohen Zöllen
weit durch Europa hin durchs Land.
Auch hat die Klinik in Neukölln
noch etwas Nasenscheidewand.

Ein guter Arzt will operieren.
Es freut ihn, und es bringt auch Geld.
Viel ist nicht mehr zu amputieren.
Ich bin zu gut für diese Welt.

Was soll ich armes Luder machen,
wenn die Posaune blasen mag?
Wie tret ich an mit meinen sieben Sachen
am heiligen Auferstehungstag?

Der liebe Gott macht nicht viel Federlesen.
»Herr Tiger!« ruft er. »Komm hervor!
Wie siehst du aus, lädiertes Wesen?
Und wo – wo hast du den Humor?«

»Ich las« – sag ich dann ohne Bangen –
»einst den Etat der deutschen Generalität.
Da ist mir der Humor vergangen.«
Und Gott versteht.
Und Gott versteht.

Altes Lied 1794

Wenn in des Abends letztem Scheine
dir eine lächelnde Gestalt
am Rasensitz im Eichenhaine
mit Wink und Gruß vorüberwallt –:
Das ist des Freundes treuer Geist,
der Freud' und Frieden dir verheißt.

Wenn bei des Vollmonds Dämmerlichte,
das zagend durch die Zweige sieht,
durch dunkeln Hain von Tann' und Fichte
ein fauliges Gerüchlein zieht –:
Das ist, was da so grauslich riecht,
Herr Goebbels, der vorüberfliecht.

Wenn bei dem Silberglanz der Sterne,
wenn schwarze Nacht herniederweint,
gleich Aeolsharfen aus der Ferne...
wenn dir dann gar kein Geist erscheint –:
Dies Phänomen, damit dus weißt,
das ist Herrn Adolf Hitlers Geist.

Wenn eena dot is

Für Paul Graetz

Wenn eena dot is, kriste 'n Schreck.
Denn denkste: Ick bin da, un der is weg.
Un hastn jern jehabt, dein Freund, den Schmidt,
denn stirbste 'n kleenet Sticksken mit.

Der Rest is Quatsch.
Der Pfaffe, schwarz wien Rabe,
un det Jemache an den offnen Jrabe...
Die Kränze...! Schade um det Jeld.
Und denn die Reden – hach du liebe Welt –!

Da helfen keine hümmlische Jewalten:
die Rede muß der Dümmste halten.
Un der bepredicht sich die schwarze Weste
un hält sich an Zylinder feste.
Wat macht der kleene Mann, wenn eena sanft vablich?
Er is nich hülflos – er ist feialich.

Leer is de Wohnung. Trauer, die macht dumm.
Denn kram se so in seine Sachen rum.
Der Tod bestärkt die edelsten Jefühle,
un denn jibs Krach, von wejn die Lederstühle.

Der Zeitvesuv speit seine Lava.
Denn sacht mal eena: »Ja, wie der noch da wah –!«
Denn ween se noch 'n bisken hinterher,
und denn, denn wissen se jahnischt mehr.

Wenn eena dot is, brummts in dir:
Nu is a wech. Wat soll ickn denn noch hier?
Man keene Bange,
det denkste nämlich jahnich lange;
ne kleine Sseit,
denn is soweit:
Denn lebst du wieda wie nach Noten!

Keener wandert schneller wie die Toten.

Wenn eena jeborn wird

Allemal für Paulchen

Nu liechste da, du kleene Kröte!
Siehst aus wie ne jebadte Maus.
Na laß man, do – der olle Joethe,
der sah als Kind nich scheena aus.
Und hier – ick bring da ooch wat mit!
Tittittittittitt –!

Die Neese haste ja von Vatan.
Det Mäulchen, wo de dir drin wühlst,
da sachste denn den Jrang im Schkat an.
Wolln hoffen, dette bessa spielst
als wie der Olle, dein Papa!
Allallallalla –!

Un seh mah! Hast ja richtich Haare!
Die hat dir Mutta mitjejehm.
Du, Mensch, det is ne wunderbare
un liebe Frau – nur etwas unbequem.
Dein Olla, der macht vor ihr Kusch...
Puschpuschpuschpuschpusch –!

Sieht man dir durch de Neese schnauhm
un wie du mit die Beenchen tanzt –:
denn sollte man det jahnich jlauhm,
wie jemeine du mal wern kannst.
Wa –?

Ach, Menschenskind, ick wer da sahrn:
Schlach du nach Vatan! Hör ma an!
Du kannst ja ooch nach andre schlahrn...
Na, wirste denn als junga Mann
jenau so doof wie Onkel Fritz?
Zizzizzizzizzizz –?

Da liechste nu in deine Wieje
un fängst noch mah von vorne an.
Na, Mensch, ob ick mah Kinda krieje?
Man jloobt ja imma wieda dran.
  Du machst dir nu die Windeln voll
  und weeßt nich, wat det heißen soll,
  wenn eena dir mit Puda fecht,
  dir abwischt un dir trocken lecht...
      Denn loofste rum,
      klug oda dumm...
  Un machst den janzen Lebensskandal
  alles nochmal, alles nochmal –!

KLAUS CÄSAR ZEHRER

Was geht uns eigentlich Kurt Tucholsky an?

»Ich werde nur das Mißtrauen nicht los, daß man den Ehrentitel ›großer Satiriker‹ erst dann verleiht, wenn der Mann nicht mehr gefährlich, wenn er tot ist. Der gestorbene Satiriker hats gut. Denn nichts ist für den Leser süßer als das erbauliche Gefühl der eigenen Überlegenheit, vermischt mit dem amüsanten Bewußtsein, wie gar so dumm der Spießer von anno tuback war.«

Tucholskys Bemerkung aus dem Essay »Politische Satire« von 1919 klingt beinahe, als sei sie auf seine eigene Wirkungsgeschichte gemünzt. Zwar schätzten bereits seine Zeitgenossen seine Texte so sehr, daß er einer der meistbeschäftigten und bestbezahlten Autoren der 1920er Jahre wurde; zwar schien er den Nazis selbst nach seinem Tod noch so gefährlich, daß sie alles daran setzten, auch noch die Erinnerung an ihn auszulöschen. Aber mit der Neuentdeckung seines Werks nach dem Krieg begann der allmähliche Statuswechsel vom streitbaren Publizisten zum in Ost- und Westdeutschland gefeierten modernen Klassiker. Heute, da es eine Tucholsky-Gesellschaft, zwei Tucholsky-Literaturpreise sowie mehrere Tucholsky-Schulen und Tucholsky-Straßen gibt, zeugt ein in die Rede eingeflochtenes Tucholsky-Zitat eher von solider Bildung als von Provokationslust – zumindest, sofern man nicht ausgerechnet die in manchen Kreisen immer noch als brisant empfundene Gleichung »Soldaten sind Mörder« wählt. Gerade diejenigen, die sich glücklich schätzen sollten, daß Tucholsky nicht mehr über sie schreiben kann, vereinnahmen ihn nach Belieben; gipfelnd in der selbst bereits klassisch gewordenen Behauptung Helmut Kohls, er vergesse vor Reisen nie, »meinen Tucholsky einzupacken«.

Mein Tucholsky, dein Tucholsky, unser aller Tucholsky: Offenbar ist Tucholskys Befürchtung eingetreten, hat sich die Säure seines Witzes mit den Jahrzehnten so weit zersetzt, daß sich an ihr kaum mehr jemand ernstlich den Magen verstimmt. Andererseits – ist sein Mißtrauen wirklich berechtigt? Ist es nicht vielmehr so, daß tatsächlich erst die Nachgeborenen befugt sind, den Ehrentitel »großer Satiriker« zu verleihen? Schließlich kann das Format eines Zeitkritikers, ähnlich dem eines Politikers, nur aus einer gewissen historischen Distanz richtig eingestuft werden. Erst im Rückblick läßt sich beurteilen, ob er imstande war, die Zeichen seiner Zeit richtig zu lesen.

Einen Teil seines heutigen Ruhms verdankt Tucholsky dem Umstand, daß er früher und klarer als andere erkannt hat, wohin die Weimarer Republik steuert. Einige seiner Prognosen stellten sich als gespenstisch präzise heraus. Schon 1919 warnt er vor einem neuen nationalistischen Krieg in Europa: »Und nach abermals zwanzig Jahren/ kommen neue Kanonen gefahren.« Sein Gedicht »Deutsche Richtergeneration 1940«, geschrieben 1921, beginnt mit den Worten »Zum Hakenkreuz erzogen« und prophezeit parteiische Rechtsbeugung und martialische Urteile.

Eines jedoch schätzte Tucholsky komplett falsch ein: Das Verfallsdatum seiner eigenen Schriften. »Lieber Leser 1985 –!«, so hebt er 1926 zu einem »Gruß nach vorn« an, um sogleich zu stocken: »Ich bin sehr befangen: du hast einen Anzug an, dessen Mode von meinem damaligen sehr absticht, auch dein Gehirn trägst du ganz anders... Ich setze dreimal an: jedesmal mit einem andern Thema, man muß doch in Berührung kommen... Jedesmal muß ich es wieder aufgeben – wir verstehen einander gar nicht. Ich bin wohl zu klein; meine Zeit steht mir bis zum Halse, kaum gucke ich mit dem Kopf ein bißchen über den Zeitpegel... da, ich wußte es: du lächelst mich aus. Alles an mir erscheint dir altmodisch: meine Art, zu schreiben und meine Grammatik und meine Haltung (...). Du bläst auf alles, und der Staub fliegt meterhoch, du kannst gar nichts erkennen vor lauter Staub.«

Diese Zeilen stehen in einem merkwürdigen Kontrast zum routinierten, fast rituellen Erstaunen, das viele Rezensenten eines Programms mit Gedichten und Chansons Tucholskys befällt, dem Erstaunen darüber nämlich, wie zeitlos, taufrisch, quicklebendig, topaktuell die Texte noch heute dastünden. Wer das wirklich so empfindet, ist wohl selbst leicht von gestern. Vieles von dem, was Tucholsky seinerzeit gewagt hatte, erscheint inzwischen bloß noch neckisch; die Tabufronten, an denen er sich abkämpfte, waren nun einmal weit hinter den heutigen zurückgelagert. Seine Hoffnung auf die Arbeiterklasse als revolutionäres Subjekt empfinden wir, die um eine gründliche Desillusionierung Reicheren, bestenfalls als anrührend, seinen Versuch, die Weltläufe von der Kleinkunstbühne aus zu beeinflussen, als ehrenwert, aber naiv, seinen stetigen Aufklärungseifer und seinen Hang zur Didaktik als manchmal etwas penetrant.

Und doch: Seine Verse liegen auch nicht mausetot und unerreichbar unter einer dicken Staubschicht begraben. Es hat sich lediglich eine historische Patina auf sie gelegt, die den alten Glanz hie mehr, da weniger stark verdeckt, die aber bislang noch keine nachwachsende Generation daran gehindert hat, einen Zugang zu Tucholskys Werk zu finden. Wie nur wenige Autoren seiner Zeit wird er bis heute nicht nur geehrt, sondern auch geliebt. Seine Bücher stehen nicht nur in den Bibliotheken, sie liegen auch auf den Nachttischen. Augenscheinlich wird Tucholsky nach wie vor gebraucht. Wozu eigentlich? Was geht er uns noch an? Warum und zu welchem Ende studieren wir Tucholsky-Gedichte?

Erstens, weil er der beste Geschichtslehrer ist, den man sich wünschen kann. Eben weil ihm seine Zeit bis zum Halse stand, weil ihm mehr daran lag, in das Zeitgeschehen einzugreifen als ehernen Dichterruhm zu erwerben, weil er lieber das alltägliche Treiben auf den Straßen und in den Häusern bedichtete als die ewigen Sterne, kann uns Tucholsky als Zeitzeuge eine der spannendsten und einschneidendsten Phasen der deutschen Geschichte näherbringen. Dabei müssen wir nicht einmal alle Anspielungen bis ins Detail verstehen. So ist zum Beispiel der Anlaß zum Gedicht »Der Hosenschnüffler« (S. 37) längst vergessen: Ein gewisser Karl Brunner, Sachverständiger in der »Abteilung für Jugendschutz gegen Schundliteratur« bei der Berliner Polizei, versuchte 1920 erfolglos, eine freizügige Inszenierung von Hermann Sudermanns Stück »Die Raschhoffs« mit juristischen Mitteln zu unterbinden. Tucholsky zeigt sich als getreuer Chronist des Falles, er erzählt mit wenigen Worten die ganze Geschichte, gibt zudem Auskunft über seine Position (natürlich tritt er für die Kunstfreiheit und gegen die alte obrigkeitliche Zensur ein) und entwickelt eine Komik, die sich als langlebiger erweist als die Verhältnisse, denen sie erwachsen ist.

Damit wären ein zweiter und ein dritter Punkt genannt: Tucholskys noch immer moderne Gesinnung und seine nach wie vor beeindruckende Pointensicherheit. Wenn er auch im 21. Jahrhundert noch nicht obsolet wirkt, dann nicht deshalb, weil sich die Verhältnisse seit seiner Zeit nicht grundlegend verändert hätten, sondern weil seine Haltung alles andere als veraltet ist. Sein Hauptthema ist das eines jeden Satirikers seit 2500 Jahren, nämlich die Differenz zwischen Ideal und Wirklichkeit; sein Ziel ist das eines jeden Satirikers, nämlich die Differenz wenigstens ein bißchen zu verringern. Aber er vermeidet es konsequent, sich vor den Karren einer starren politischen Doktrin spannen zu lassen – was in einer Epoche der Massenbewegungen keineswegs selbstverständlich war. Wenn er Partei ergreift, dann immer aus einer persönlichen, individuellen Warte heraus. Er ist ein Idealist mit Bodenhaftung, einer, der die Menschheit bessern will, aber dabei keine unmenschlich hohen Erwartungen stellt, denn er weiß um die Schmutzecken in jeder Menschenseele und leugnet auch die eigenen nicht, etwa, wenn sein lyrisches Ich ein Bekenntnis zu seinem »zu den pfinstersten Pfreuden des Pfleisches« hingezogenen Unterteil ablegt (S. 63). Der Erkenntnis der Achtundsechziger, daß das Private politisch ist, greift er um vierzig Jahre vor.

Sein relativ entspanntes Verhältnis zu eigenen und fremden Unzulänglichkeiten macht Tucholsky nicht nur resistent für Totalitarismen jeder Richtung, es unterscheidet ihn auch wesentlich von seinem Wiener Zeitgenossen Karl Kraus, dem Prototyp des olympischen Satirikers: Dessen kalte, schneidende Donnerworte, Ausdruck eines überragenden Intellekts und absoluter Unduldsamkeit gegen Fehler jeglicher Art, stehen komplementär zur Zeitkritik Tucholskys, die bei aller Entschiedenheit immer auch eine große Portion Menschenfreundlichkeit, Empathie und Herzenswärme ausstrahlt. Dies dürfte einer der Gründe sein, weshalb sich Tucholsky vom kämpferischen Linksintellektuellen, als der er zu Lebzeiten wahrgenommen wurde, postum in den (neben Erich Kästner) volkstümlichsten deutschen Satiriker des 20. Jahrhunderts verwandelte.

Ein anderer ist die bereits erwähnte Haltbarkeit seiner Komik. Die vorliegende Textauswahl stellt Tucholsky als komischen Dichter vor. Diese Ausrichtung bietet die Möglichkeit, das schier unerschöpfliche Arsenal an dichterischen Mitteln sowie an komikerzeugenden Techniken konzentriert vorzuführen, das Tucholsky zur

Verfügung stand und aus dem er sich nach Belieben bedienen konnte, je nachdem, ob er einen eleganten oder dreisten, aggressiven oder versöhnlichen, zarten oder albernen, breitenwirksamen oder eigenwilligen, spöttischen oder nachdenklichen Witz bauen wollte. Allerdings birgt jede Sammlung, die sich auf den komischen Tucholsky beschränkt, die Gefahr, ein falsches Bild dieses so überaus vielseitigen Autors zu vermitteln und ihn als unverwüstlichen Humoristen mit kesser Schnauze und goldenem Herz erscheinen zu lassen.

Um eine solche Verharmlosung zu vermeiden, wurde an Chansontexten aus der frühen Kabarettzeit gespart zugunsten von Gedichten, deren Komik sich vielleicht nicht jedem Leser auf Anhieb erschließt, die aber dokumentieren, wie sehr Tucholsky darauf bedacht war, auch bei bitterernsten Themen nicht den Humor zu verlieren. Ob es um »das Malheur« im allgemeinen geht (»Meditation, zum Coupéfenster hinaus«), um das Gefühl der Fremdheit in der Welt (»Die Deplacierten«), den Gedanken an den eigenen Tod (»Letzte Fahrt«, »Imma mit die Ruhe!«, »Media in vita«) oder den Aufstieg der Nazis (»Das dritte Reich«, »Dreh dich hin, dreh dich her – kleine Wetterfahne –!«) – der wahre Komiker beweist sich erst durch konsequente Unerschrockenheit vor Umständen, die anderen das Lachen vergehen lassen.

Weil er diese komische Unbedingtheit trotz widrigster Verhältnisse zwar nicht bis zum bitteren Ende, aber doch bewundernswert lange durchgehalten hat, und weil er, vermutlich als erster, den bestmöglichen Reim auf »Tragik« gefunden hat, nämlich »sag' ick« (S. 11): Deshalb wird der große Satiriker Kurt Tucholsky noch lange lebendig bleiben.

Kurt Tucholsky wird am 9. Januar 1890 in Berlin-Moabit geboren. Er verbringt sein drittes bis neuntes Lebensjahr in Stettin und kehrt dann nach Berlin zurück. Sein Vater, ein jüdischer Bankkaufmann, hinterläßt der Familie nach seinem Tod 1905 ein beträchtliches Vermögen. Tucholsky studiert in Berlin und Genf Jura und wird 1915 in Jena zum Dr. jur. promoviert. Von 1915 bis 1918 nimmt er als Soldat am Ersten Weltkrieg teil, zuletzt als Vizefeldwebel in Rumänien.

Obwohl er noch im Sommer 1918 per Gedicht zur Zeichnung von Kriegsanleihen aufruft, zeugen seine Schriften nach dem Krieg von einem entschiedenen Pazifismus.

Bereits 1912 erzielt er mit der Erzählung »Rheinsberg« einen ersten literarischen Erfolg. 1913 erscheint sein erster Text in Siegfried Jacobsohns Theaterzeitschrift »Die Schaubühne«, die 1918 in »Die Weltbühne« umbenannt wird, sich zum bedeutendsten linksintellektuellen Blatt der Weimarer Republik entwickelt und Tucholskys meistgenutztes Publikationsorgan wird. Außerdem schreibt er Feuilletons, Essays, Kritiken, Erzählungen und Gedichte für zahlreiche andere Zeitungen und Zeitschriften sowie Liedtexte und Szenen für die Kabarettbühne. Insgesamt verfaßt er mehr als 3000 Texte, darunter rund 700 Gedichte, und veröffentlicht zehn Bücher, vorwiegend Textsammlungen, aber auch den Roman »Schloß Gripsholm« (1931). Die meisten Gedichte publiziert er unter dem Pseudonym »Theobald Tiger«, die übrigen Texte als »Peter Panter«, »Ignaz Wrobel«, »Kaspar Hauser« und unter seinem Echtnamen.

Von 1920 bis 1924 ist Tucholsky mit Else Weil verheiratet, ab 1924 mit Mary Gerold, von der er sich 1928 trennt. Beide Ehen bleiben kinderlos. 1924 zieht er als Korrespondent nach Paris und lebt fortan vorwiegend im Ausland, ab 1929 in Schweden. 1932 gibt er seinen publizistischen Kampf gegen Militär und Nationalsozialismus auf und verstummt öffentlich. 1933 erkennen die Nazis Tucholskys deutsche Staatsangehörigkeit ab und werfen bei der Bücherverbrennung auch seine Werke auf den Scheiterhaufen. Die letzten Jahre seines Lebens verbringt er ohne unmittelbare materielle Not, aber weitgehend isoliert im schwedischen Exil. Am 21. Dezember 1935 stirbt Kurt Tucholsky in einem Göteborger Krankenhaus nach der Einnahme von Schlafmitteln, wobei bis heute ungeklärt ist, ob es sich um Selbstmord oder eine versehentliche Überdosierung handelte.

Alphabetisches Verzeichnis der Gedichtanfänge

Ach, Tante Julla, du in Neu-Ruppin 27
Agathe, wackel nicht mehr mit dem Busen! 34
Als Kind – so um 95 rum – 90
Amici! Plaudite! – Die bunten Bänder 26
An meinem Todestag – ich werd ihn nicht erleben – 45
Auf den Bergen liegt der Schatten 105
Da sprach der Landrat unter Stöhnen 108
Das hat mir am Kino besonders gefallen 24
Das ist nämlich so in Berlin 75
Das Lenzsymptom zeigt sich zuerst beim Hunde 14
Das Stück hat Weltanschauung. Neben mir Ottilchen 11
Daß du mich nicht erhörst, o Ernestine 36
Daß man nicht alle haben kann –! 35
Der Igel sprach zum Oberkellner 94
Der Name ists, der Menschen zieret 12
Der Zeitungsverleger Mülvoß, als welcher ein krummer Jid 117
Die brave Hausfrau liest im Blättchen 30
Die läuft rum, die mir die Augen zudrückt 116
Die Uhr schlägt 12 – 66
Dies ergötzte hoch und niedrig 19
Du schläfst bei mir. Da plötzlich, in der 31
Eine Sage ist keine Tue 32
Erst wollte ich mich dir in Keuschheit nahn 21
Es braucht ein hohes Ideal 100
Es fließt ein Strom durch das deutsche Land 69
Es wird nach einem happy end 96
Et jibt Karrieren – die jehn durch den Hintern 107
Fahre mit der Eisenbahn 52
Herr Meyer, Herr Meyer – und hörst du es nicht 16
Heute ist infolge von Olympia-Siegen 80
Hier ist es hübsch. Hier kann ich ruhig träumen 47
Hier steht Herr Eastmann (Winnipeg) 57
Ich bin ein Pfau 68

Ich bin kein Mann, nach dem man in den Kissen schluchzt 84
Ich kann den Blick nicht von dir wenden 85
Ich lebte mit Frau Sobernheimer 110
Ich weiß dicht, was bit beider Dase ist 89
Ich, Herr Tiger, bestehe zu meinem Heil 63
In einem Stück von Sudermann 37
In mein' Verein bin ich hineingetreten 61
In stiller Nacht und monogamen Betten 95
In vielen Prokuristen steckt ein Perser-Schah 98
Ja, das möchste 71
Jüngst betraf mich ein Japaner 73
Legt man die Hand jetzt auf die Gummiwaren? 13
Lieblich ruht der Busen, auf dem Tisch 28
Mädchenhafte Treue 49
Manchmal denke ich an dich 112
Mein Blinddarm, der ruht in Palmnicken 120
Mein Mann? mein dicker Mann, der Dichter? 18
Meine Schrift kann niemand lesen 77
Möchtest du, mein Goldkind, einen Knaben? 51
Nu liechste da, du kleene Kröte! 123
Nun nimmt wohl bald der Bauer Geld aus der Schatullen 86
Nun, Mutter, bürst mir den Zylinder 92
Papa ist Oberförster 54
Sah ich im vorchten Jahr im Rinnstein mal zwei Dackeln 41
Sei nicht böse, wenn ich dich, du liebe Inge 102
Sinnend geh ich durch den Garten 65
Und wenn sie dich so recht gelangweilt hat 118
Uns haben sie, glaub ich, falsch geboren 48
Von bunten Hühnern sanft umgackert 56
Vorgestern nacht habe ich von zwei Mädchen geträumt 53
Was fange ich Silvester an? 39
Was schenke ich dem kleinen Michel 29
Was werden die Dichter heuer schreiben –? 58
Wenn der Landesvater Jubiläum feiert 9
Wenn die Igel in der Abendstunde 82
Wenn du mal gar nicht weiter weißt 88
Wenn eena dot is, kriste 'n Schreck 122

Wenn ich so müd nach Hause komm 106
Wenn ick det sehe, wat se so machn 115
Wenn in des Abends letztem Scheine 121
Wenn man, wie wir, den Umsturz liebt 23
Wenn wir wolln, denn wolln se nich 104
Wie die langen Telegrafenstangen 15
Wie ick noch 'n kleena Junge wah 114
Wie war das neulich eigentümlich! 17
Wird Gustav, der Kommis, entlassen? 10
Zu Haus, in unsrer guten Stube 60
Zum erhabenen Brahma 43

Hell und Schnell – Die Sammlung komischer Gedichte
Herausgegeben von Robert Gernhardt und Klaus Cäsar Zehrer
Band 1

Günter Nehm
Verspektiven
Herausgegeben von Robert Gernhardt
Band 17231

Ein bravouröser Spieler mit Wort und Reim: Günter Nehm gilt unter Kennern als einer der ernstzunehmendsten humoristischen Dichter dieses Landes. Schüttelreim, Abecedarius, Palindrom, Akrostichon – Nehm flattert von Sprachspiel zu Sprachspiel, um aus den ehrwürdigen Techniken den Honig frischer Komik zu gewinnen. Robert Gernhardt stellt eine repräsentative Auswahl aus Nehms Werk vor: Eine Einladung, einen Dichter kennenzulernen, der ungewöhnliche Wege zum Lachen erkundet und erschlossen hat.

Robert Gernhardt und Klaus Cäsar Zehrer stellen in jedem Band der »Sammlung Hell und Schnell« einen herausragenden komischen Dichter vor. Berühmte Klassiker kommen ebenso zum Zuge wie Geheimtips, Zeitgenossen ebenso wie Vertreter vergangener Epochen. Eines eint die Autoren dieser Reihe: Sie alle haben die deutschsprachige Literatur um zahlreiche helle und schnelle Verse bereichert.

Fischer Taschenbuch Verlag

fi 17231 / 1

Robert Gernhardt
Wörtersee
Gedichte
Band 13226

Von den Gedichten und Bildergeschichten, die Robert Gernhardt unter dem Titel »Wörtersee« zusammengefaßt hat, sind viele zu Legenden geworden. Immer wieder zitiert, sind sie eingegangen in den deutschen Sprachschatz wie manche Cartoons von Loriot. Die Komik der Gernhardtschen Texte und Zeichnungen beruht auf einer Gratwanderung zwischen Sinn und Unsinn, Feinem und Derbem, Ernst und Spaß. Der Reiz dieser berühmt gewordenen Gedichte und Bildergeschichten des neugierigen Sprach- und Zeichenkünstlers Robert Gernhardt liegt in ihrer klugen, kritischen Geistesgegenwart bei gleichzeitig höchstem Unterhaltungswert.

»Groß- und schlitzohrig bewegt sich Robert Gernhardt
auf den Stoppelfeldern unserer Poesie …
Deshalb lesen ihn viele schon seit langem.«
Frankfurter Allgemeine Zeitung

Fischer Taschenbuch Verlag

fi 13226 / 1

Robert Gernhardt

In Zungen reden

Stimmenimitationen von Gott bis Jandl

Band 14759

Im Anfang war das Wort, und das Wort reizte zur Parodie: Niemand hat in den vergangenen Jahrzehnten versierter und liebevoller Dichterstimmen imitiert als Robert Gernhardt. Seit Schülerzeiten treibt er spottenden Scherz mit klassischen und heutigen Autoren.

Erstmals hat Robert Gernhardt all jene Gedichte, Texte und Bildgeschichten versammelt und auf die Reihe gebracht, in denen er in fremden Zungen redet. Von Gott über Plato, Dante, Goethe, Busch, Hemingway, Brecht und Kästner bis hin zu Jandl und Enzensberger spannt sich der Bogen der Autoren, an denen Gernhardt seinen Schnabel wetzt: eine Hommage an die Weltliteratur und zugleich eine Demontage der vergnüglichsten Art.

Fischer Taschenbuch Verlag

fi 14759 / 1

Robert Gernhardt
Körper in Cafés
Gedichte
Band 13398

Die hundert hier versammelten Gedichte zeigen die ganze Meisterschaft von Robert Gernhardt. Ungemein heiter, in trockener und lakonischer Sprache schreitet er den ganzen Kreis des Lebens aus: verblaßte Lust und Körperfrust, Heimatliebe und Toscanaglück, Dichterleid und Schicksalsmacht. Schelmisch umkreist Gernhardt die Unannehmlichkeiten des angenehmen Lebens und fügt mit ungeheurer Leichtigkeit Vers an Vers. Souverän bedient er sich zuweilen der klassischen Formen, um Pointe auf Pointe zu setzen und den hohen Ton genüßlich zu parodieren. Jedes einzelne Gedicht von Gernhardt belegt, daß beste Unterhaltung und geistreiches Dichten eben keine Gegensätze sein müssen. Immer ist sein unverwechselbarer Witz gepaart mit Hintersinn.

»Wir erwarten einfach Bestform. Hier ist sie.
Bei Gernhardt werden wir auch diesmal
nicht enttäuscht.«
Frankfurter Allgemeine Zeitung

Fischer Taschenbuch Verlag

fi 13398 / 1

Robert Gernhardt

Lichte Gedichte

Band 14108

›*Lichte Gedichte*‹ widmet sich in neun Abteilungen den ewigen Themen aller Dichtung ebenso wie sehr zeitgenössischen, ja privaten Sujets. Von der Liebe, der Person, der Natur und der Kunst ist anfangs die Rede, mit Tod und Erkrankung schließt die Sammlung, wobei ›Herz in Not‹, das »Tagebuch eines Eingriffs in einhundert Eintragungen«, wider Erwarten für ein gutes Ende und dafür sorgt, daß das Versprechen »licht« nicht zu einem schlichten »lich« verkümmert. Der für Gernhardt typische Spagat zwischen ungenierter Komik und dezidierter Ernsthaftigkeit hat in seinen Gedichten eine neue Qualität erreicht: Der dunkle Grund der Erdenschwere kommt ständig zur Sprache und verwandelt sich ebenso beständig vor unser aller Augen in Helligkeit und Schnelligkeit.

Fischer Taschenbuch Verlag

fi 240 / 10

Robert Gernhardt

Im Glück und anderswo

Gedichte

Band 15751

Robert Gernhardt liegt die Welt zu Füßen, hier und anderswo, im Licht wie im Schatten. Des Menschen Glück als Liebender, als Reisender, als Speisender, faßt er in seine Verse, des Menschen Unglück, als Alternder, als nur noch Begehrender und Verzehrender, bannt er in seine Strophen. Stets ist er im Bilde und macht sich dichtend eins, singt der Gegenwart ein neues Lied, kommt schnell in Fahrt und weiß doch wie tief im Leid man fallen kann. Er nimmt die Welt beim Wort und auch manch andern Dichter, um bei aller Lust am Reimen, bei allem Witz inmitten seiner Zeilen, den nötigen Ernst nicht zu vergessen. Robert Gernhardt ist ein Dichter, der mit allen Formen der Poesie meisterhaft spielt. Ob Sonett oder Blues, Ballade oder Parodie – Gernhardt überrascht stets durch seine Virtuosität. Mit Reim und freien Rhythmen, in klassischen Tönen und modernen Dissonanzen läßt er das Dasein neu erklingen. Welch Glück, daß ihm dies so sehr glückt.

Fischer Taschenbuch Verlag

fi 15751 / 1